나는
뉴스보다
더 편파적이다

나는 뉴스보다 더 편파적이다

초판 1쇄 발행   2021년 11월 25일
개정판 1쇄 발행 2022년 3월 10일

글   정지윤
그림   나규환
발행인   전미영
펴낸곳   출판사 (주)안녕

출판등록 2021. 8. 3. (제2021−000025호)
주소   11696 경기도 의정부시 평화로 483, 3층 3348호
전화   대표전화 031-541-7003
        팩시밀리 050-4290-3266
        이메일 hi_publisher@naver.com
        블로그 blog.naver.com/hi_publisher

값 18,000원

ISBN 979-11-975513-3-8 03810

이 책은 경기도, 경기문화재단, 안양시, 안양문화예술재단의 경기예술활동 지원사업을 지원 받아 발간되었습니다.

나규환 에디션 Limited Edition

정지윤 시집

나는 뉴스보다 더 편파적이다

안녕

정지윤 시

2015년 경상일보 신춘문예에 시,
2014 창비어린이 신인문학상에 동시,
2016년 동아일보 신춘문예에 시조가 당선되었다.
전태일문학상, 김만중문학상, 신석정촛불문학상 등을
수상하였으며 동시집 『어쩌면 정말 새일지도 몰라요』와
시조집 『참치캔 의족』이 있다.
jmk4033@naver.com

뉴스의 맥락은 뒤섞인다
그래서 편파적인 나는 언제나 이중의 역설을 견디며 산다

다 알거나 다 모르는 '하루'
행간과 행간에
별 볼 일 없는 것들이 지나간다
내가 알 수 없는 비의 심연과 모호한 사건들을 편집한다

나는 결국 나의 콜라주
기압골이 지나간다
배와 낙타가 서로를 마주보며 '지금 여기' 여의도를 지나간다
난민들의 배고픔과 증오를 배울 틈도 없이
겹쳐지고 겹쳐지는 사건들 속에서 마침내 평평해진 나는
입체감이 사라진다

나는 멀쩡하게 찢어진다
일부러 구멍 낸 청바지처럼
너덜너덜 웃거나
발이 저린 사건과 사물들
그 투명한 거울에 나를 비춰 보기엔 여전히 나는 편파적이다
내가 좋아하는 것들을 사랑하기 위해

차례

바닥들

지하 계단
걸레를 든 손
바닥이 가만히
발걸음을 새겨듣는다

엎드린 채
바닥이 바닥을 끌어안는다
무릎을 구부릴 때마다
서로 숨을 받아낸다

정이 드는지
한 몸이 되어버린 바닥
바닥을 닦는 손등 위로
전동차가 덜컹거리며 스쳐 간다

바닥은 쉽사리 바닥을 놓아주지 않고
바닥엔 올라가는 계단은 없다

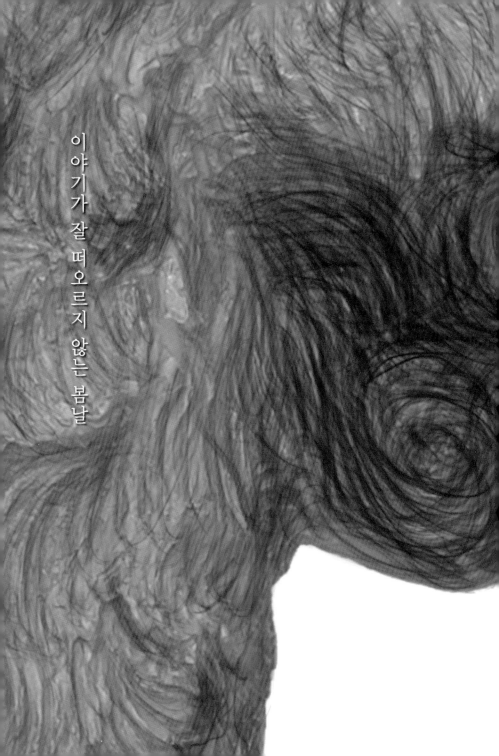

이야기가 잘 떠오르지 않는 봄날

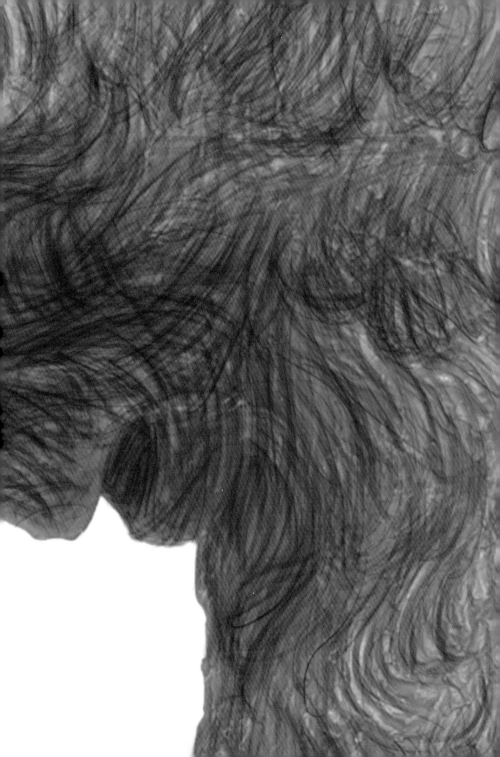

다음 이야기가
생각나지 않는다
내 곁에 살구나무가
낯설다

꽃은 지고 그 너머가
보이지 않는다

물이 흘러가다 반짝인다
나는 조금씩
너와 가까워졌다

이야기가 잘 떠오르지 않는
짧은 봄날

나는 매일 빈 병처럼 울었다

복지센터에 민원을 내고 너는
매일 빈 병처럼 울었다
석 달 이상 보이지 않으면
나는 씹던 껌을 뱉었다
미련 없이 떠난 거라 믿었다

자식이 보험이라고
우기고 다녔다

벽 위 점퍼 하나
가끔 접힌 옷깃을 세워
희미한 이름을 읽어내곤 한다
대답 대신 뚝,
고드름이 떨어져 내린 겨울 한낮

과식을 한 뒤

나는 하품을 하고 있다
발톱 빠진 의자들이 어슬렁거린다

잡목 숲을 뚫는 흥분한 꽃들은
다가오는 면도날만큼 가파르다
서울 대공원 자판기 앞
나는 길게 버튼을 누른다

가까운 우리에서 사자가 울었다
우르르 유리를 밀고 나오는 나뭇잎들
버튼을 누를 때마다
접수대를 통과하는 구름
종이컵이 한 모금씩 입을 열어놓는다
흰 버튼 너머 단정한 셔츠 하나
더위를 빠져나간다

사자는 울지 않고
나무의자에 묶인 헬륨 풍선 하나
또 증발한다

관문 사거리 말발굽 소리

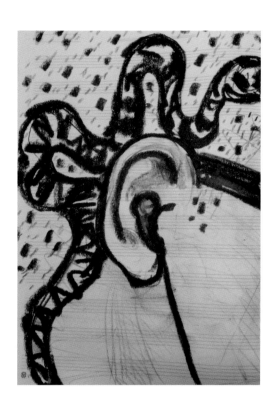

경마공원 앞, 관문사거리를 다섯 마리 말이 달린다

달리는 것들은 안으로 끝없이 제 힘을 감는다

갈기를 세운 채 큰 콧구멍으로 숨 쉬는 말들

러닝 머신 위를 달린다

달리는 나의 발은 앞으로 나아가지 않는데

사거리를 지나가는 말들의

큰 엉덩이만 보인다

말발굽 소리가 보이는 유리창

자동차 사이드미러를

스쳐가는 꼬리, 나는 집으로 돌아온다

오래전 나를 떠난 말들이

수많은 사거리를 지나 내게로 온다

아, 나와 MBC와 SBS, KBS의 뻔한 반복

말들은 사거리를 넘지 못한다

간격에 대하여

연립주택 2층에서 가스통이 터졌다

계단들이 멋대로 흔들렸다

중심이 잠깐 나타났다 사라졌다

흘러내리는 계단

그림자들의 앞뒤가 뒤섞였다

지워진 간격 속엔 뼈가 없는 웃음

형체 없는 몸의 중심이 출렁인다

간격과 간격이 사라진 거리,

앞차와 뒤차 사이의 5cm

포개지지 않는 계단은 겨우 살아있다

어제와 오늘, 현관 틈새를 빠져나갈 때

틀어놓은 싱크대의 수돗물이 넘치기 시작한다

간격이 헐거워지는 찰나, 그 틈새 속에서

나는 간신히 네 싱크홀 옆 인도를 달린다

집

나는 노예
집은 힘이 세다
나는 집의 허기를 달래지 못한다
내려가야 할 것들이 올라간다

평생 집 한 채 지키고 살다간 여자
닦은 바닥을 또 닦는다

'사정상 급매'
가파른 전신주에 매달린 집들

자궁을 들어내신 어머니
불 꺼진 빈집처럼 어둡다

아무도 웃지 않았다

대학 찰옥수수
빈틈이 없다

양보할 수 없는 자리에 박힌
비슷비슷한 얼굴들
단단하게 줄지어 있다

뜨거운 솥에서도
흩어지지 않았다
벗어나고 싶은 몇 있었을 텐데

옥수수를 삶으며
아무도 웃지 않았다

건너편 아파트 불빛
듬성듬성 이가 빠져 있었다

반[*]
셔
터
를

누
르
는

오
후

— 네
거
티
브

새가 뛰어내린 뒤

난간만 남는다

편의점 가로수들이 한 발자국씩

지붕을 밀고 간다

정체된 차량들 위를 스치며

셔터를 누르는 부리들

새들의 높이를 인화하는 자리

새들이 셔터를 터뜨린다

기웃거리지 않는 말의 밖

셔터 안쪽에 렌즈를 들이대는 햇살

풍경은 왜 뿔을 달고 있는지

명암의 틈새는 사라져 보이지 않는다

햇살을 향해 바짝

조리개를 조이면

눈부신 어둠이 깜깜한

네 얼굴을 인화한다

프레임 안으로 걸어

들어오는 흰 나무들

한껏 부풀어 오르는 검은 구름

구부러진 난간을 펼치며

곧게 날아가는 새들을 향해

반 셔터를 누르는 오후

나는 뒤집힌 풍경을 놓아버린다

＊ 반 셔터 : 카메라의 셔터를 반만 누르는 것을 말한다.

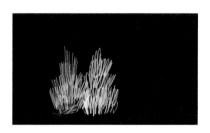

시각 장애 사진가 K씨

소리를 향해 셔터를 누른다
결정된 순간
새가 지저귄다
바람이 빠르게 접혔다 펴진다
나무들의 아가미가 퍼덕인다

솟구쳐 올랐다 빙글 제자리로
돌아서는 허공
렌즈 속 형상은 역전된다
눈먼 사진가의
내부가 환해진다

안과 밖을
동시에 복구하는 새소리
찌그러진 깡통 위로
깃털이 스쳐간다

신경이 부풀어 오른다
귀로 찍은 새 한 마리
밖으로 날아간다

소리가 귓가에 이르는 순간
너는 가득 차오르고
나는 밖에서 안으로
소리를 줌인한다

얼음 픽셀의 결정은 날카롭다

염소처럼 소리를 낸다
큰 입을 가진 그 놈은 가끔 종이 대신
휴대폰을 삼킨다

픽셀들
얼음의 결정은 날카롭다
단단한 것들
속에 밀봉된 투명한 것들
하지만 썩지 않는 시간은 없다

서로 등을 포갤 때마다
덩치를 키우는 구름들
발효된 곰팡이들의 블랙아웃
냉장고가 키운 나는
단단한 것들을 향해 혀를 밀어 넣는다
언제나 배가 고픈 나는

레시피대로 만든 우리는
― 겨울과 봄의 테이블

달그락거리며 이탈한 접시와
감정을 다시금 제자리에 놓을 때
너는 새처럼 허공을 접으며 날아온다

레시피대로 만든 우리는
적당히 따뜻하고
쉬 끊어지는 스파게티

너와 이야기를 하는 동안
비파나무 열매 노랗게 익어간다

'침묵은 너무나 정확해
너와 나
저울에 달아봤더니 모두가 모자라더라'
겨울 레시피에 연극 대사를 끼워 넣는다

너와 나누던 빵은
속이 텅 비어 더 커 보였다
커피 향이 사라질 쯤이면
햇살을 반죽하던 네 손도 단단해지겠지

레시피도 없이
네가 사라져도 두렵지 않은 겨울

눈이 내린다
북쪽으로
아픈 사람이 돌아눕는다
그래도 내일은 아프지 말자

* 연극 〈레드〉 대사 중에서

크게 입을 벌리는 참회의 순간

샘 치과

장례식장 입구에 샘 치과가 있다
치통이 그렇듯 부고는 느닷없이 온다
리본을 단 국화의 향기는 학습되는 법이지

유리문에 비치는 흰 가운들의 중얼거림
의사는 입속을 뒤적이며 썩은 뿌리를 찾는다

산 자들만 이가 썩는 것은 아니야

크게 입을 벌리는 참회의 순간
걸어온 곳보다 더 깊숙한 곳에서
찌꺼기들이 곪는다 독하게 뱉어낸
말들이 썩느라 어금니가 아프다

소화되어 버린 것들이
말과 말 사이에 치석처럼 쌓여간다

치석을 제거하는 사이 유리문 밖으로
한 구의 주검이 빠져나가고,

이가 뽑혀 나간 자리
치료가 끝난 치통들이 하나둘
샘 치과 계단을 내려간다

흰 국화와 등을 맞대고 선 자리
나는 떠나간 자들의 마지막 출구에서
치통의 이력을 곱씹으며
이를 꽉 다문 시간들을 빼낼 수 없다

물속으로 추락한 구름들은

눈물은 비어있다
나는 목이 말랐다

구름이 지나간 뒤
물기와 상관없이 뚜렷해지는
강변의 아파트들

모래채취선이 물을
거슬러 올라간다
끌어당기는 힘을 밀어내며
날쌔게 어긋나는 아파트 모서리

결별은 흘러간 물의 화석

빗방울이 떨어지는 자리를
다 셀 수 없다

보도블록 틈새에
씀바귀 돋아난다

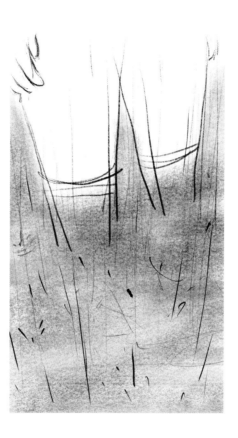

때를 놓치고

손님이 많은 칼국수 집
일 인분인 나는
정당하지 않은 걸까
내 머뭇거림도
부지런한 식욕도 무서워

안전한 식사를 마칠 때까지
자막이 꿈틀거린다
다시 보는 명승부

허기가 엉킨 면발은
쉽사리 풀리지 않는다
팔팔 끓는 면은 위험해

홈런, 그 치명적인 뜨거움
장외로 날아간
공은 잡을 수는 없는 거야
나는 잘못 주문한 면발보다
날려버린 찬스가 아파
진열된 트로피처럼 서서

퉁퉁 불어가는 면발을 바라보다
일 인분의 식사를 끝냈다

공은 어디로 날아갔을까
빈 의자만 그 자리에 앉아있다

무시할만한 수준

독한 질문들이 서서히 사라진다

머리카락에 스며든 빗물들이

발가락으로 새어 나온다

잠복기 따윈 걱정하지 마

빗물은 마셔도 괜찮아, 입의 각도는

무시할만한 수준이야

미니어처에 앉은 전문가들 사이로

오토바이들이 퀵, 퀵 빗속을 달린다

물은 물을 튕겨내는 법이야

씻으면 괜찮아

나는 깨어진 사랑만을 믿는다

비가 전하는 소식은 없어

질문도 대답도 아닌 입들

내가 듣던 목소리, 이젠 그마저

들리지 않았으면 좋겠어

구름의 목을 조르는 손가락들

빗방울의 크기는
무시할만한 수준일 뿐
내리는 빗속에서
우리는 다 잊혀진지 오래야

물은 납작해진다

물을 밀고 또 밀다 보면
물은 납작해진다

예리하게 소금이 각을 세운다

느티나무 가지를 끌어당기는 구름
팽팽해질수록 몸은 가벼워
하늘 밖으로 연은 날아가는데
물에 주름을 잡다 보면
어디가 앞이고 뒤인지 알 수 없어
나는 다가오는 너를
거부할 수 없다

철탑 뒤로 중력이 쌓인다
파도가 일 때마다 펄럭이는 바람들
아가미가 들썩인다
느티나무 가지가
물소리를 꿰뚫고 있다

취한 숲

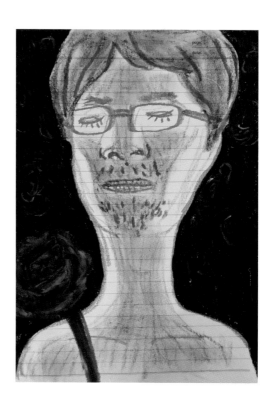

끊어진 듯
손가락이 아프다

한순간
이쪽에서 끌어당기는 저쪽 숲이
제 몸을 길게 늘인다

젊은 남자가 일자리를 옮긴다
면도 자국에서 일어서는 푸르른 스킨 냄새
침엽수들이 물소리를 힘껏 움켜잡는다
숲 전체가 웅성거린다

남자의 구레나룻에
힘이 맺힌다

젊은 아버지가 양복 안쪽에서
바스락거리는 나를 꺼내놓는다
주둥이가 예쁜 술병처럼
나는 겁 없이 저쪽 강을 건넌다

줌인
― 타버린 연탄재의 구조

연탄재 뒹구는 뒷골목, 버려진 것들에게 적절한
거리는 필요 없다 렌즈는 생물학적이다 언제나
사물들을 뒤집어 놓는다 오직 흉터를 향해 걷는
꽃들이 흉터 밖으로 흘러갔다

 찌그러진 깡통을 끌어당기는 조리개, 흔적 위에
먼지들이 쌓여간다 그는 모자를 뒤집어쓴다 덧
난 안팎을 잘 배치하지만 그는 한 번도 자신의
안쪽을 찍은 적 없다

프레임 밖에서 나를 줌인한다 상처 가득한 사내
의 신발만 끌려온다

여의도는 아득하다

동쪽이 서쪽을
끌어안아 깨뜨려버렸다
묻지도 않고 그냥 찌른다

안과 밖에서
서로의 콧구멍을 향해
폭포가 쏟아져 내린다

폴더들의 유적지는 아득하다

넝쿨장미들의 파산선고

파산 뒤의 생이 오히려
자유로울까 봐 겁이 났다
법원과 은행 담장의 장미들이
붉게 소리친다

속도를 죽이지 않고
교차로를 건너오는 차량들
소나기는 서로 필요한 계절이 다르다
넝쿨장미들이 머리 위로 스쳐 지나가는
구름을 먹어 치울 때 덮쳐오는 파산선고
함성 크기만큼 빈 병들이 깨진다

툭, 건드리면
함성을 쏟아놓는 구름
지금 막 도착한 내 소식이
소나기에 젖는다

나는 뉴스보다 더 편파적이다

서로 등을 바라보는 저녁

눈과 귀는 늘 억울하다

희망은 없는데

믿고 싶은 것들은 많아졌다

날마다 뉴스 앞에서

나는 뉴스보다 더 편파적이다

단추를 달다 라면을 끓인다

버려진 꽁초 옆에
리어카 한 대 서있다
뜻 없이 다 거기 있다

나는 멀리서 다가오는 생선 트럭을
의심하지 않는다

아무런 일도 일어나지 않는 순간
발밑엔 세금고지서가 쌓인다

위도 아래도 앞도 뒤도 없이
생활을 먹어 치우는 똑같은 아파트의 입

직진하는 아이들은 왜
같은 곳을 빙빙 맴도는지

현장에서 꽝꽝 철판 두드리는 소리가 커진다
내일은 선택의 문제가 아니다

스쿠버의 잠꼬대

— 수몰지에서

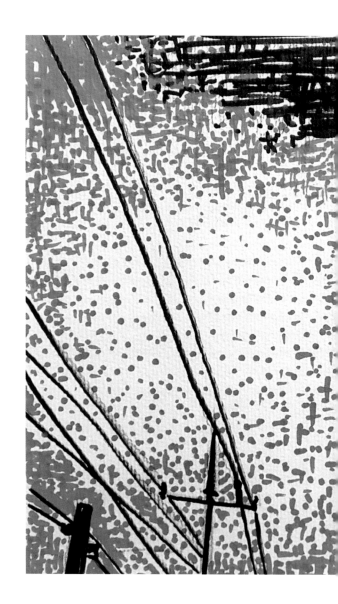

집 한 채를 짊어진 스쿠버가
수면 위로 불쑥 솟아오른다
수면 아래에서 개 짖는 소리 들려온다

개들은 매일 젖은 물속을 걸어왔다
가장자리만 밟아도
사라진 물이 만져진다

흰 사과꽃이
물속에 그대로 핀다
그래, 훔쳐간 것은 오래된 너의 눈빛

물 끝에서 서쪽이 반짝인다
돌아오는 아버지
목수가 쿵쿵 망치를 두드린다
적막하다

물속에서 안개가 피어오른다
뚜렷했던 것들이 사라진다

부서진 집 툇마루에서
물방울들이 거침없이 나를 지운다

물 깊은 곳이 간지럽다

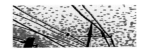

서울역

스크린 도어를 열고 나서면
다들 어깨가 기우뚱해진다
대출 광고들이 안팎으로 달려든다

어쩔 수 없잖아
속삭이던 눈송이들이
신용카드를 꺼내 서로의
손목을 그어주었다

루저 너는 입이 없지

너는 골목마다 널려 있어

눈물이 스며들지 않도록

단단한 시멘트 벽돌을 깨문다

견고한 관계를 위해 나도 캔디 대신

발톱이 갖고 싶다

헬로, 나의 키티

아, 수염이 긴 고양이

매트릭스

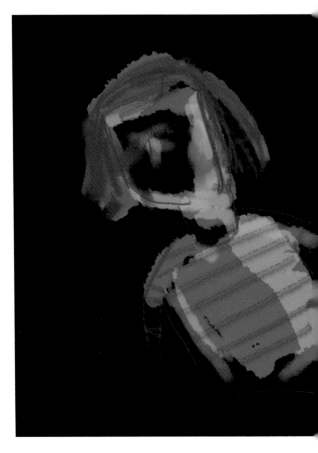

아기의 우유병에 곰팡이가 파랗다

죽은 아기가 일어나 키보드를 두드린다

아기의 우유병에 곰팡이가 파랗다 죽은 아기
가 일어나 키보드를 두드린다 아기는 PC방으
로 간다 햇빛이 등을 돌린 재떨이에 몸을 태
우는 여자가 모니터에서 딸랑이를 꺼내준다
아이템이 가득한 젖병, 통통한 아기는 깔깔거
리고 유모차는 모니터 위를 날아다닌다 키보
드가 중얼거린다

최고로 키울 거야
엄마 나 여기 있어
넌, 그냥 게임이야

여자가 마신 콜라 한 병과 우유 한 팩이 쓰레
기통에 처박혀 있었다 젖이 통통 불은 모니
터는 멈추지 않는다

스카이
댄서

묶인 일들은 풀어버려요
함께 추는 브레이크 댄스
과장된 스텝이 우리를 살게 하죠

문자로 날아오는 해고 통지
부은 내 얼굴을 깎아요
나는 새우깡에 길들여진 갈매기가 아니에요

출렁이는 지갑
때론 팔 수 없는 계약들이 있죠
흔들릴 때 호명해요 껍질 속의 휘파람
영안실에 두고 온
이력서들을 불러올까요

터질 듯 가벼운
통지서가 우리를 춤추게 해요
더 가벼운 것들로 허기를 채우는 우리는
밀폐된 입을 가진 댄서
끝없이 증식되는 오, 나의 그림자들

모래들이 모래를 씹는다
— 2014 고해소의 캄캄한 숟가락

모래들이 모래를 씹는다

뒤돌아보면 순식간에
눈을 감아버리는 담벼락

잊혀지는 것보다 먼 길
무릎을 꿇어도
손바닥은 바닥에 닿지 않는다

뭐라도 드셔야죠
숟가락이 캄캄하다
넘길 수 없는 것은
숟가락뿐이 아닌데

그래도 그릇 속
밥알은 밥알끼리 끈끈해
겨우 속이 따뜻하다

맥박을 읽는 구름

병실, 아버지는 고요하다

나는 그 저항을 안다

호흡기의 낮은 수위

아버지를 읽는 구름, 서쪽으로 사라지는

맥박, 둥둥 떠다니는 몸들

링거병 속에서 환한 안내 방송이 들린다

환승창 너머에서 물을

꾹꾹 삼킬 때 알약같이 쓴 이름들

주름진 가방이 손을 지그시 잡는다

아버지 몫의 아침

전동차가 떠난다

속도를 벗다

대형 덤프트럭이 길 가운데 멈춘다
과속방지턱을 넘을 때마다
몸이 덜커덕거렸다
신호를 무시한 속도가
비상등을 켰다

필사적으로 달리던 길
속도를 벗어버린 차들은 고요하다
저 뒤쪽 어디선가
부서진 네 몸이 온다

시뮬라크르

그 날,
그 날이 같은
화분

향기가 난다
순간
흔들릴 뻔 했다

엉성하게 사라지는
정원, 깊은 곳에 숨어 버렸다

붉은 휴일들이
날짜 너머에서 조금씩
고개를 든다
높은 곳의 화분들은
입을 떼지 않는데

혼자서 다정한 그림자
제 몸 흉내를 낸다

화분은 계속
없는 꽃을 연기한다

면접 보러 가는 날

거울들이 나를
길쭉하게 왜곡하는 날
면접을 보러 간다

당신은 누구십니까
캄캄한 눈빛이 오간다

쉽게 뒤집히는 사실들,
그러나 질문이 끝은 아니다

뒤집히는 것들은 뻔뻔해
침묵을 꾹꾹 눌러 저장한 뒤

나 대신 너는 살고
나는 죽는다

이유를 묻기엔 너는 너무 멀다

걸어가는 나무

— 아르볼 께 까미나

그들의 발소리는 너무 조용하여

먼 훗날 겨우 발견된다

아르볼 께 까미나(arbol que camina)

끝과 시작이 맞닿은 유랑

태양을 찾아가는 나무는

잊혀진 아마존을 기억한다

긴 촉수의 뿌리들은

수십 개월 느리게 숲 속을 이동한다

걷는 나무에게

숲은 당연한 궤도일 뿐

달과 달 사이를 지나가며

숲을 파헤쳤다

물 앞에서 나무들은 뒤틀림을 멈춘다

태양을 훔치는 뿌리들은

제 뿌리를 등 뒤에 남기며

다시 빈 곳을 향해 걷는다

숲을 향해 숲이 되기 위해 걷는 일

느린 걸음으로 아마존을 가는

아마존의 나무들

숲이 초원에 이르는 날

잠시 멈춰선 채
먼지 같은 시간을 바라다본다
상처는 걸어온 거리만큼
가벼워지는 것이어서
저마다 제 이름을 깊은 곳으로 불러들인다
아르볼 께 까미나

누구도 9시를 비켜설 수 없다

기상캐스터의 혀끝에서

개나리가 피었다

9시 뉴스가 시작되면

길에 선 나무들이 달린다

사람들이 자막 뒤로 빠르게 사라진다

자막이 고정되고

현장을 벗어난 앵커들이

사건 안으로 들어간다

하지만 이미지엔 질감이 없다

그런 사건을

아무도 비켜설 수 없다

뉴스와 개나리는 9시의 시스템,

시스템은 선하지도 악하지도 않다고

외치는 자의 얼굴이 빠르게 스쳐 간다

치킨집 슈뢰딩거

배달 오토바이가 돌아와요
키보드와 손가락이
얼마나 가벼운지
책임질 수 없어요
그냥 즐겨요
프라이드치킨 위 매운 양념

엄마는 신발이 많은 식당에 가라고 했어요
확률은 옳은 것이지만
나는 둘 중의 하나가 아니에요
진열대 위의 나는 시력이 나쁜
고양이가 아니에요

튀긴 닭다리를 기다리는 시간
내 결정을 걱정하지 마세요
벨이 울려요
나는 끝까지 나의 선택을 알 수 없어요
내가 나의 것이 되는 순간을

바 퀴 는 점 프 를 모 른 다

휠체어 농구단
바퀴들이 격렬하게 움직인다

팔이 바퀴를 굴리며
공을 패스한다
바닥엔 오직 둥근 자국뿐

위, 아래를 구분할 수 없는 회전
달리고 넘어지고 바퀴는 상처를 따라 구른다
점프도 없이 날아오르는 볼, 던지고 받는
만져지지 않는 길

들어가지 않았지만
나는 허공을 날아오른다
땀방울에 바퀴는 젖고

위아래가 통로인 바스켓
공 대신 내가 솟아오를 때까지
휠체어가 구른다

STREET BASKETBALL TEAM

달의 저쪽

밀물과 썰물 사이 비는 개이고
계수나무는 언제나 젖어있다
달의 바다 한가운데서
귀가 자란다

나무와 나무 사이
달에는 토끼 대신 기타가 자란다
잎사귀들이 먼 곳의 소리를 모은다

눈이 내릴 거야
달이 쌓일 거야
모두 지워질 거야
어쩔 수 없는 것들이 무서워 둥둥 떠다닌다
모르는 것들이 가까이 다가온다

바람이 불면
바다가 검게 살아 보름달 곁으로 가고 있다
나는 우연을 믿기 시작한다

고양이가 뛰어내린 높이

발톱을 세우고
담장 아래, 죽음의 높이를 잰다
고양이가 뛰어내린다

시선을 낮추고 납작 엎드려
액체처럼 기어간다

밤마다 찢어지는 앙칼진 고양이
발톱 속엔 고양이가 산다

구름의 이정표

— 이산가족 상봉

멀리서 사람들이 끌어안고 운다
소나기는 짧고
등 돌린 구름의 거처는 고요하다
무중력 속을 오가는 구름의 얼굴들 침침하다
백두산 천지에 물방울이 맺혔다 사라진다

꽃이 피는 틈

꽃만 보면 미칠 것 같아
볼이 붉은 노파들
알고 있을 거야
돌아오는 길이 더 멀다는 것을

틈새가 없는 물속
반복을 견디는 나이테 흘러간다

투명한 안쪽에서 누군가
긴 날을 보내다 떠났다
사라진 것들이 머물렀던 자리에서
뜨거운 입술을 빌려올 수 있다면
돌아갈 수 있을까

공 하나가 길을 따라 구르고 있다
구름이 잠긴 웅덩이를 뛰쳐나온
아이들이 달려간다

부동산이 나를 점령했다

아파트 급매, 재개발 투자 환영
문 닫은 부동산중개소 유리창이 얼룩져 있다

집 대신 부동산이
나를 점령했다

사거리 상가, 비스듬히 잘려나간 풍경
두꺼운 질감 속에서 눈물이 흘러나온다

말이 없는 은행나무
휘어지는 법을 잊은 나는
집 현관을 망치로 두드리고 있다

나는 아픈 부위를 수정했다

사랑니를 빼러 간다
멀쩡한 이를 빼내야 할 때
벽에 걸린 모자가
까닭 없이 선명해진다

마취가 끝난 잇몸
사랑니를 빼고 난
빈자리를 혀로 더듬는다

병원을 나서는데
비가 내리고 크레인이 깎아내린
벽이 불쑥 가까워진다

피할 수 없는 발치의 순간
하지만 꺾이지 않는 마음의 각
다 보이는 벽은 틈이 없다

나는 수평에서 수직으로
아픈 부위를 수정했다

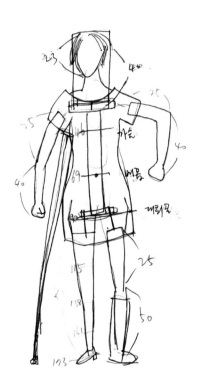

살기 위해 후퇴하는 거야 / 기어 올라가는 쌀벌레들

쌀벌레들

꾸물거리며 높은 곳을 향해
낮은 포복,

살기 위해 후퇴하는 거야
기어 올라가는 쌀벌레들

쉽게 뒤집고 또 뒤집한다

아무도 손을 내밀지 않는 난간

안부를 전할 곳이 없다

뻔뻔한 내 밥그릇은
죽은 듯이 살아갈 수 있을까

숟가락을 들 때마다
슬그머니 기어 나오는

구두

낚시를 한다 구두가 걸렸다 구두를 생각하면
소리 없이 왔다가는 지느러미들이 슬프다 소
나무들의 맨발에 신발을 신겨 내가 기억할 수
없는 무덤 옆으로 데려가고 싶다 이곳이 아닌
저곳, 구두를 신고 무덤 위로 올라가 네 눈물
속으로 추락하고 싶다

구두는 살인자 구두는 잠수함 바다 속에서 구
두는 아무도 짓밟지 않았다 해초 사이를 헤엄
치고 미끄러지고 휩쓸리다 부서진다 망망대해
고래의 빛나는 등이 되어 쓸쓸해지면 죽음처
럼 둥글게 몸을 말고 떠오르고 싶다 바다가 물
속으로 멀어진다 갈 수 없는 길, 누군가 구두
를 조각배처럼 벗어 놓고 길을 떠난다

헌화

서쪽 난간에서
주르륵 식은 해가 미끄러질 때
나는 흰 꽃이 핀 담장 곁을 걸어간다

까치는 높이 집을 짓고
손목을 주무르던 노모는
비가 올 것을 안다

목이 늘어난 옷들을
세탁소에 맡겼다
휘발유 냄새가 건너온다

나는 허리를 굽힌다
하이힐들이 미어캣처럼 고개를 들고
먼 곳을 발돋움한다
아무도 오지 않는다

나는 무거운 안경을 벗어
풀밭에 소처럼 풀어놓는다

그렇다면、나사들은

나를 조이던 시간들

헐거워져 자주 삐걱대고

아귀가 맞지 않아

입이 벌어지던

낡은 옷장 하나

나사들이 제자리를 지키지 못한

옷장을 문밖으로 내몰았다

깨진 시멘트 덩어리에

뿌리박은 나사 몇 개

너는 내 잇몸 모서리를 꽉, 물고 놓아주지 않는다

한자리에 틀어박힌 나는

네 안에서 안으로 벌어지는 틈새를

가로질러 저 건너로 빠져나간다

나무가 키우는 귀

운동화 끈을 매다가 알았다 신문 하단은 일방
적이다 부고 없는 행간들, 덧대어 놓은 활자
들 떨어져 나간 그 빈 곳

바람은 지푸라기 같은 마음들을 데리고 그늘
밑을 걷는다 햇살이 날카로운 고층빌딩 언저
리, 테이블의 접시 위로 걸어 들어오는 소문
들 서로를 향해 날카롭게 손톱을 세운 채 굳
어가는 가지들

기척은 뜻밖의 빛을 키우고 나무들은 잎 진
자리마다 제 귀를 키워 사방의 소문을 끌어
당긴다 어두워서 더 진해지는 산들이 어깨를
걸며 불 켜진 마을 어귀로 들어선다

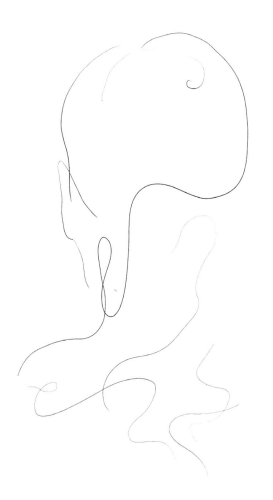

런치박스[*]

혼자 밥 먹기 좋은, 저녁
옆자리는 언제나 빈 채로
반전을 기다린다
잘못 탄 기차,
돌아갈 수 없어서 좋은 저녁
홀로 나를 쳐다보는 강
갠지스 강은 의자에 잠겨
끝부분만 아슬하다

* 리테쉬 바트라 감독의 영화

그래도 낯설다

운동장엔
군살이 없다
밤 11시 빨리 뛰어도
네 잔소리를 따라갈 수 없다

나는 지속적으로 비만할 뿐
자궁이 삐걱거리고
메뉴가 기울어진다
발등은 여전히 퉁퉁한데
굽이 주저앉는 네
뒷모습은 조금 가벼워졌을까
같은 곳을 몇 바퀴째 같이
돌고 있는 너는 그래도 낯설다

코
끼
리
귀
는
압
축
된
힘
이
다

코끼리들
진흙을 다지며 걷는다
철제의자보다 질긴
코를 늘어뜨린 채
귀를 펄럭일 때마다
압축되는 힘

코를 따라 쇠꼬챙이가 길어진다

고층빌딩을 오른다
발걸음이 느린 나는
점점 살이 쪘다

넥타이가 코처럼 흔들린다

미스터 리, 네 코는
코끼리 보다 길다

희망타운

호프집 건너 호프집…

대리운전 기사는
눈물과 하품이 섞이지 않도록
몰래 입을 벌린다

밤 12시, 속도는
돈이다

똑같은 프레임과
직사각형의 불빛
다 결정된 투명한 테헤란로

겹쳐지고 겹쳐지는
아파트 '희망타운'
102동과 103동 사이
자동차가 멈춘다

이해할 수 없지만
이곳은 익숙하다

웃음이 습관이듯
벌써 쓰레기 수거 차량이 온다

택배가 끝난 빈 박스들이
차곡차곡 묶여 나온다

칠보 七寶 나비

날개 위에 얹혀 있는 칠보 하늘
끊긴 길들이 반짝인다

나비들이 자물쇠를 뚫고 독촉장을 업고 온다
붉은 벽돌로 눌러놓았던 문서들이
빗줄기 사이로 흘러내린다

구름이 덩치를 키우는 늦여름
원하는 것들은 왜 다 벽 뒤에 숨어있는지
참을 수 없는 가려움이
모기향 근처로 모여든다

날개를 꼬아 지지대를 만드는 등나무들이
어깨 위에 발자국을 얹어놓자
엉킨 길들이 나비를 풀어놓는다
그제서야 칠보 하늘이 날아오른다

너는 채널 밖의 이방인

채널을 돌리는 것만으로
배부를 수 있다

마감 뉴스 때마다
무엇이
감추어졌는지
궁금하다

두통약 대신 커피를 마시며
리모콘을 누른다

투명한 와이퍼

와이퍼가 좌우를 왔다 갔다 한다
보였다가 보이지 않는 눈앞

흔들리는 순간마다
돌멩이들은 튀어 오른다
증명할 수 있는 것은 없다
와이퍼가 손을 흔들며
눈앞을 닦아낸다

바퀴는 늘 뒤를 따라왔다
아, 바퀴 대신 물방울을 뭉개는 바퀴들
비는 떨어져 내리며
제 몸을 지운다

닿자마자 투명한 알리바이들이 사라진다

싱싱한 거품들

정전기가 이는 아침, 흐린 안경을 벗고 머리띠를 풀어놓는다 나는 사자의 갈기를 떠올리며 머리를 감는다 뿌리가 없는 칫솔들은 여전히 시들 줄을 모르고 쌓고 또 쌓이는 거품 냉수와 온수 사이 아무 소리도 들리지 않는다 거품은 싱싱한데 귀에 물이 들어갔다

아침마다 집 안으로 달려가는 출근길, 다 씻어낸 거품들이 몸 안 어디에선가 터져 나온다 그림자들은 헝클어지고 머리카락이 자라는 속도는 감지할 수 없다 나는 가로수 곁을 지나치며 갈기를 세운다 직장에서 잘린 채 아무도 모르게 출근하는 아침, 내 갈비뼈 밑에서 사자가 처음으로 울었다

나규환 그림

강원도 원주 출생. 홍익대학교 미술대학 조소과를 중퇴.
흙을 주무르고 멍 때리는 것을 좋아한다. 신동엽문학관,
제주올레, 포천교동마을 이주프로젝트, 제주비엔날레
조경프로젝트 등에 참여했다. 마석모란공원,
서울용산도시기억관, 서울비정규직노동자 쉼터 '꿀잠',
태안화력발전소, 부여신동엽문학관에 작품이 설치되어 있으며
제10회 구본주예술상을 수상했다.
www.nagyuhwan.com

디스토피아를 뚫고 나오는 상상력

죽음을 향해 역동하는 브레이크 댄스

이영진

1. 책, 가설의 공간 – 전시장이자 공연장일 수는 없을까?

시인 정지윤과 화가 나규환 두 사람은 각기 다른 장르에서 자신만의 특별한 경력을 쌓아 가던 작가들이었다. 그들의 유일한 공통점은 각자 전태일 열사와 작은 인연이 있다는 점 정도였다. 한 사람은 전태일 문학상을 수상하며 시인으로 문단 활동을 시작했고 다른 한 사람은 전태일 분신 50주기에 전태일 기념관 앞 청계천변 설치 조각가로 선정되어 인류에게 닥친 펜데믹의 재앙에서 코로나 방어에 혼신의 힘을 다하는 〈보건의료 노동자〉 상을 제작했다. 인연은 이것이 전부였지만 둘은 전태일이란 큰 상징을 공유한 탓인지 비교적 쉽게 '무언가'를 '함께'해 보자는 데 동의했다. 서로의 작품에서 느껴지는 매혹에 강하게 이끌린 것이 절대적인 이유였다.

뜻은 모았지만 첫 만남과 달리 둘은 곧 공동 작업이 그렇게 쉬운 일이 아니라는 것을 깨달았다. 시집에 삽화 몇 장 덧붙이는 단순한 작업만으로 뭔가 의미 있는 콜라보레이션이 이루어질 턱이 없었다. 공동의 주제를 정하고 각자의 장르 특성대로 자연스럽게 시를 쓰고 드로잉을 한다고 해서 작업의 결과가 저절로 새로워질 리도 없었다. 시와 드로잉에서 얻어진 적지 않은 영감과 감흥이 두 사람의 작업을 성공시킬 거라는 보장은 어디에도 없었다. 자신도 모르게 서로를 패러디하거나 카피하고 싶은 모방 본능부터 경계해야 했다. 장르가 다르기 때문에 더욱 조심해야 할 일이었다. 다행히 어려울수록 가장 쉬운 일부터 해 가는 것이 순서라는 것을 둘은 잘 알고 있었다. 우선 서로 최대한 독자성을 유지하면서 각자 자신의 작업을 점검해 보자는 데 동의했다. 어떤 경우든 두 개의 자아와 두 개의 주체가 모여 '공동의 작업'을 해 보기로 한 만큼 먼저 형식을 결정하는 것이 중요하다고 판단했다.

둘은 고전적인 방법이지만 한 권의 책에 한 권의 시집과 한 권의 드로잉 북을 담아 보기로 했다. 전자책이나 패드를 이용한 미디어 북도 생각해 보았지만 우선 책을 먼저 만든 후 다음 매체를 구상해 보기로 했다. "따로 또 함께"–두 사람이 서로의 장르 특성에 대해 이야기하다 튀어나온 갑작스런 레토릭이지만 상황에 잘 어울리는 말이기도 했다. 두 사람은 자연스럽게 다원적인 컨템포러리 아트를 작업의 형식으로 선택했다. 자아는 상상을, 주체는 개념을 담당한다는 미학적 논리에서 비춰 본다면 시 쓰고 그림 그리는 두 쌍의 자아와 주체는 처음부터 다원적인 컨템포러리 아트를 작업의 형식으로 선택할 수밖에 없었을지 모른다.

한 권의 책이 어떻게 아트가 될 수 있을까. 어떻게 만들어도 책은 그저 책일 뿐인데 디자인이나 편집, 제작과 같은 일반적인 문제를 뚫고 나가 책 자체에 예술이 구현되도록 이끌 수 있을까. 시각적 진실이면서 동시에 언어적인 진실이 구현되는 공간이라면 아트로서의 '가설'이 한 권의 텍스트 안팎에서 모두 성립되어야 하지 않을까. 누가 무어라 하건 상상의 자유를 마음껏 누릴 수 있는 것이 컨템포러리 아트가 아니던가. 여러 가지 의문과는 달리 공동작업의 범주나 내용 등이 그렇게 막연한 것만은 아니었다. 두 작가들의 심상치 않은 커리어는 책을 단순히 텍스트가 아닌 특별한 지향성을 가진 예술로 끌고 갈 만한 충분한 저력을 담보하고 있었다. 정지윤은 김만중 문학상, 신석정 촛불 문학상 등 다수의 수상 경력을 지닌 시인이며 나규환 역시 대추리와 용산, 제주 강정마을, 태안 등 9개가 넘는 격렬한 이슈 현장에 자신의 조각을 설치해 온 조각가다. 뚜렷한 지향성과 간단치 않은 성과들을 발표해 온 작가들인 만큼 이미 검증이 끝난 작가들이다. 나규환이 현장 "파견 미술가"로 활동하면서 얻은 폭넓은 참여의 경험과 정지윤의 현대성에 대한 회의와 비판은 지난 시대를 주도했던 도식적인 "투쟁"의 모습과는 확실히 다르다. '지금 이곳'은 여전히 역사적 진보와 이데올로기의 대치 그리고 동시대적 예술의 다양한 현상이 제 각각 앞을 향해 질주하며 자신만의 성과를 쌓아가고 있다. 따라서 두 사람이 탈역사의 시대에 정합성이 떨어지는 주체의 복귀를 꿈꾸는 것이든 주체 과잉의 전선에서 뒤늦게 돌아오는 귀환병들 냄새를 풍

기든 살아 꿈틀거리는 세계의 현재성에 한 발 더 가까이 다가갈 수 있다면 오히려 기분 좋은 시도일 것이다. 미리 말해 두자면 그런 염려는 두 작가의 '역사'에 반응하는 탈주체적 시선과 판단 그리고 비약적인 통찰력이 가져올 결과를 간과하는 데서 생기는 염려에 불과하다. 그들의 주체는 자아를 방치한 채 필요에 의해서 도식적으로 움직이는 것이 아니기 때문이다. 현대의 컨템포러리 아트는 다원성과 개방성을 자신만을 위한 생태적 환경으로 전유하는 듯하다. 한 번도 나타난 적이 없는 '어떤 것'을 보여주어야 한다는 첨단에 대한 강박은 존재하는 모든 것을 '예술'의 범주로 몰아넣었다. 그것이 무엇인지 자기 담론을 전개할 수만 있다면 예술이 되는 세계, 하이데거는 "그 예술이 어디에 있으며 어디서 왔느냐?"고 물은 바 있다. 하지만 그것은 장소 특정적인 존재론적 질문이었을 뿐 왜 그런 접근이어야 하는지 그도 명확히 하지 못했다. 컨템포러리 아티스트들은 지금까지 등장하지 않은 '어떤 것'을 확보할 수만 있다면 개념이든 단순한 해프닝이든 발명이든 심지어 해체 중이라는 풍문에 시달리는 '역사'이든 가리지 않고 달려들 기세다.

이런 압도적인 시도에도 불구하고 하나의 트렌드가 전체 층위를 모두 차지하는 경우란 지금까지 존재하지 않았다. 여전히 아서 단토는 '모든 곳에 존재 하지만 항상 문제가 되는 것'에서 한 발자국 더 비약하기 위해 창조적인 "가설"이 필요하다고 주장했다. 그의 가설이란 구현되기 전에는 확인할 수 없는 '어떤 것'이다. 즉 '허구'의 상태를 전제하지 않으면 이룰 수 없는 제안이다. 이런 진지한 조언에도 불구하고 컨템포러리 아트의 현재는 단지 "새롭기 위한 다름일 뿐" 더 이상의 전망이 없다는 비난을 면치 못하고 있다. 험담은 어떤 영역에서나 존재할 수 있다. 시와 드로잉의 만남 역시 '오래된 새로움'일지 '새로운 낡음'일지 확인해 봐야 한다. 시를 드로잉의 모티브로 삼거나 그 반대로 이미 구현된 이미지를 시적 직관을 이끌어 내는 오브제로 삼고자 하는 욕구는 언제라도 서로를 의존적인 관계로 만들 가능성을 열어 놓게 된다. 이러한 문제로부터 벗어나기 위해 정지윤과 나규환은 좀 더 다른 길을 찾아 나섰다. 서로의 비약을 위해 두 사람은 상투적인 재현과 모방을 원천적으로 차단하는 전혀 다른 길을 궁리하게 된 것이다.

그것은 자신들의 작업 결과를 영상 콘텐츠처럼 전개해 보는 것이었다. 두 작가는 평면적인 시와 드로잉을 입체화 할 수 있는 구조를 상상했다. 상상된 허구 속의 인물들이 언어와 이미지 밖으로 뛰쳐나오는 마법 같은 순간은 만화나 3D게임에서나 가능한 일임을 잘 알면서도 이런 방법론적인 상상을 멈추지 않았다. 두 사람은 일상의 단단한 인과성을 해체해 버릴 만큼 파격적인 꿈을 상상해 보기도 했다. 시공간의 경계를 넘나드는 자유로운 언어의 총체성 즉 리듬과 호흡, 의미와 메시지, 에피소드, 헤아릴 수 없을 만큼 많은 일인칭 화자들(의인화가 가능한 사물 전체), 그 화자들이 스스로 만들어 가는 무계획적인 콘티들, 상상하는 모든 것들이 서로를 연기하는 무대… 상상만으로도 흥분되는 일이었다. 이런 상상을 지속할 수 있는 방법은 없을까.

2. 허구로 공략하는 – 현대의 시스템들

책의 한쪽 면에는 시가 다른 한쪽 면에는 드로잉이 배치된 책 한 권이 마술을 부리지 않는 한 앞선 상상은 그냥 상상일 뿐이다. 두 작가는 십년이 넘도록 작업 해온 시와 드로잉 파일을 한 자리에 모아 놓고 동시에 읽기 시작했다. 두 사람은 편집자의 감각과 디자이너의 눈으로 무대를 구성하듯 한 챕터씩 페이지를 쌓아가 보기로 했다. 하나의 "가설"이 미실현의 허구를 전제한 것이라면 허구의 내용이 아니라 그 작동 방식(책 읽기)을 바꿔 보는 것도 하나의 시도가 될 수 있다는 것이 둘의 판단이었다.

시와 드로잉 안팎에 유무형의 상태로 '침전'되어 있는 사물이나 인물 또는 사건이나 상황 그 밖의 잠재적인 요소들을 따라가면서 읽어 가는 방법은 의외로 깊고 넓은 지평을 선물할지도 모른다. 리얼리즘, 모더니즘, 포스트모더니즘, 포토리얼리즘, 하이퍼리얼리즘, 슈퍼리얼리즘 등등 해석과 분석, 직관과 통찰을 모두 활용하여 허구 속에 다시 허구의 무대를 설치하는 것이다. 특히 예술사가 지나온 모든 이념과 인식적 작동 원리를 이 허구의 지평에 다시 재구성해 보는 상상은 투명한 유리 속에 들어가 큐빅 놀이를 하는 것처럼 '텍스트 읽기'를 공간 전체로 확장할 수 있을지 모른다.

운명을 '허구의 가설'에 맡겨 보기로 했다. 두 사람은 마치 오래전부터 서로 다른 위치에서 서로 같은 표적을 공략해 왔던 사람들처럼 절묘하게 '현상의 너머'를 추적하기 시작했다. 페이지를 넘길 때마다 '다르면서 같고, '같으면서 다른' 층위의 형상과 언어들이 교차로 나타났다 사라지며 자신의 매체를 넘어서는 또 다른 국면들을 제시하기 시작했다.

「부동산이 나를 점령해 버렸다」, 「나는 빈 병처럼 울었다」, 「나는 아픈 부위를 수정했다」, 「루저 너는 입이 없지」 등등 짧은 문장으로 이루어진 시의 표제들은 강렬했다. 표제의 목소리들은 마치 드럼을 두드리는 스틱처럼 시스템화된 현실 내, 외부 전체를 힘차게 흔들어 놓았다. 당연히 현실은 첩첩이 중첩된 찰나들로 무겁기 짝이 없었지만 그녀의 목소리를 피해갈 수 없었다. 환영처럼 가볍기 한량없는 현실의 또 다른 이면도 마찬가지였다. 절벽처럼 높게 쌓이는 일상의 판타지들은 그 존재를 감지할 수 없을 만큼 얇고 투명해서 안팎으로 다 보이지만 오히려 그 투명성에 가려진 스크린 너머의 진실을 '바로 볼 수 없'게 한다. 내부의 '어느 한 곳'에 못 박혀 꼼짝할 수 없는 주체들은 오직 자신 앞의 한 국면만을 보도록 강요당하는 존재들이 되어 가고 있다.

정지윤은 단호한 어조로 이런 기술 유토피아와 결합된 현실의 존재론적 왜곡과 그것을 가능하게 하는 시스템 자체를 공략한다. 반면 나규환의 드로잉은 사소하고 하찮아서 잊혀 버리는 일상의 찰나에 주목했다. 사소한 것들에 투영된 루저들의 눈빛과 침묵이 토해 놓는 숨소리를 수집해 들어간다. 어느 순간에도 다수가 되지 못하고 단수로 떠도는 루저들은 그의 화면 속에서 비틀어진 얼굴로 크게 클로즈업된다. 그가 끌어안은 사소한 것들은 드로잉의 이미지들은 정지윤의 언어를 통해 새롭게 의미를 얻고 확장되어 가지만 쉬 세상 밖으로 뛰쳐나오지 못한다. 길게 기른 머리칼 사이로 눈만 드러내고 자신과 다른 세계를 힐끗거릴 뿐이다.

시의 행간과 여백은 백색의 아득한 심연과 우주의 측정 불가한 어둠을 압축하고 있는 마술적인 공간이다. 이미지나 언어 밖의 공간 역시 사방으로 무한하게 뻗어나간 '저 너머'의 무엇이다. 이 공간에는 때로는 빠르게 스쳐가거나 잠시 머물다 가는 연기 같은 형상들이 있는가 하면 아직도 팽목항의 파도 앞에서 울고 있는 아버지도 있다. 모두 종이책 한 권에 담기는 예측 불가한 스토리들이다. 구름처럼 가벼운 것, 크고 작은 것, 넓고 좁은 것, 빗방울과 샤워기와 욕조, 빨간 제라늄과 죽은 고양이, 옷걸이와 점퍼와 총… 한 사람의 시인과 화가이자 조각가인 젊은 남자가 부리는 마술이 마음껏 펼쳐져도 이상하지 않은 공간이다. 시집이자 드로잉 북인 책은 아무리 생각해 봐도 새로운 이름을 붙여 주어야 할 것 같다. 마치 56편의 옴니버스 영화가 연속 상영되는 무대이자 전시장인 이 가설의 공간에 어떤 이름을 붙여야 할지 감도 잡히지 않는다. 그냥 책 이름을 망고나 솔방울이라 부르면 안 될까. 책 하나에 두 사람이 펼치는 공상이 뒤샹의 변기처럼 책의 패러다임을 바꿀 만큼 전복적인 것은 아니지만 결과와 상관없이 흥미롭다.

아무튼 이 책 속에서 짝을 이룬 시와 드로잉의 결합 과정은 복잡한 편집 절차들만 뺀다면 영화의 내러티브만큼이나 극적인 전환을 매 챕터 마다 완성하고 있다. 모든 예술이 영화처럼 대중적 환호를 향한 진화와 산업으로서의 광휘를 따라나서야 한다는 말이 아니다. 오히려 근본적으로 반 영화적인 책의 관념에 현실과 대치할 만한 '격렬한 허구의 힘'을 구축해 보려는 시도라고 할 수 있다.

　진정한 도취에 빠진 예술가는 자존에 관한 한 죽음에 이르는 싸움도 마다하지 않는다. 그 대상이 자기의 그림자라 하더라도 그렇다. 그럼에도 반년이 넘게 의미와 형상의 내적 필연성과 연관성을 '배치'하는 작업이 특별한 갈등 없이 진행되었다. 이미 제작되고 완성되어 버린 시와 그림을 단지 '재배치'시킨다고 해서 달라질 까닭이 없지만 이 과정은 두 사람에게 공간과 언어 그리고 이미지의 비약하는 순간이 얼마나 다른지 그것이 어떤 매혹을 만드는 지를 깨닫게 했다. 더구나 드로잉과 시의 배치에 관한 고민 따위는 별로 문제가 될 기회마저 없었다. 책을 펼치자마자 장르상의 사소한 차이나 연속성 등은 순식간에 어디론가 날아가 버렸다. 그것은 연약하고 가냘픈 몸매를 가진 정지윤의 직진하는 속도와 박력 때문이었다. 그녀의 시들이 갖추고 있는 전투적인 어투와 대상과 상황에 육박해 들어가는 속도 그리고 발언에 대한 정확한 알리바이와 그 단호함이 상황을 그렇게 이끌었다.

　나규환의 드로잉은 너무 하찮고 작은 순간들이 연출하는 행위와 동작, 표정, 숨소리 등을 하나의 프레임에 담아냄으로써 실감을 증폭시켜 갔다. 그가 보여주는 하찮기 짝이 없는 사물들의 작은 '흔들림'은 더 이상 쪼개거나 나뉠 수 없는 일상의 절대적 순간들이었다. 그는 그림을 그린 것이 아니라 극의 한 장면을 밖에서 안으로 다시 복귀시키고 있었다. "파산 뒤의 생이 오히려/자유로울까 봐 겁이 났다"는 「장미들의 파산선고」나 「때를 놓치고」의 "홈런, 그 치명적인 뜨거움/장외로 날아간/공은 잡을 수 없는 거야"와 같은 시의 옆 공간에는 날개도 없이 허공에서 뛰어 내리는 사내와 홈으로 귀환하는 홈런 타자, 등 뒤에서 고개 숙인 투수가 배치되어있다. 실재로 「부동산이 나를 점령했다」는 다섯 프레임으로 나뉜 만화처럼 구성되어 있다.

이런 순간의 발견은 나규환의 자아가 주체의 망설임을 뚫고 사소한 것들과 동기화되는 순간이기도 하지만 움직이는 것들을 향한 깊은 충동에 깊이 사로잡혀 있음을 뜻하는 것이기도 했다. 농구 골대의 둥근 링을 향해 날아가는 공 대신 허공에 새의 날개처럼 펼쳐지는 열개의 손가락들, 사내의 온몸에 찍힌 멍 자국, 부풀어 오르는 고양이의 등, 바닷가에 버려진 빨간 기타, 깁스를 한 채 면접 보러 가는 여자의 빨간 핸드백 등등 재현이나 실사와는 거리가 먼 찰나의 분리 불가능한 상황들이 직관에 의해 발견되면서 아무런 망설임 없이 곧바로 드로잉으로 직결되곤 한다. 결국 그는 형상을 쫓는 것이 아니라 한 존재가 무의식적으로 구성하는 극적인 상황을 프레임에 담는다. 마치 사진의 셔터를 누르는 '결정적 순간'처럼 그 순간의 '상황 전체' 즉 몸의 연속성과 동시성이 '한 덩어리'로 뭉치는 순간(고양이의 등이 부풀어 오르는 마지막 지점의 형태)을 포착한다. 스포츠 사진이나 동물들을 고속으로 촬영하는 것과 비슷하지만 다른 결정적 차이는 그가 캐논이나 라이카 같은 고급 브랜드의 렌즈나 셔터 대신 오직 직관과 손가락과 연필로 그것들을 자아 내부로 불러들인다는 데 있다.

3. 너는 뉴스가 이렇게 편파적이어도 괜찮아?

그는 사물이나 상황과 일치돼 가는 것이 아니라 대상 속으로 파고들어 대상의 눈으로 자아에 투영된 자신의 실존을 바라본다. 그럴 때 그는 타자와의 경계나 한계를 벗어나 타자의 딜레마를 통해 새롭게 드러나는 '곳'으로 나아가게 된다. 그것은 정지윤이 현실 속의 사건이나 상황에 대한 입장을 드러낼 때 작동되는 직관과 너무나 유사해서 두 사람이 함께 그 상황 앞에 서 있었던 것 같은 착각을 일으킨다.

『나는 뉴스보다 더 편파적이다』 – 시집의 제목이자 발언이다. 도발적이다. 곧바로 행위로 이어질 것만 같은 단호함이 강하게 드러나고 있다. 상대적 비교 우위를 주장하는 이 발언에는 "나는 편파적인 너보다 더 편파적이다" 때문에 "몰아붙이려면 몰아붙여봐!" 다음 대사는 "가만있지 않을 거야" 정도 일 것이다. 이 정도면 말로 하는 싸움은 극단에 이른 것이다. 다음은 말이 아니라 행동이 등장할 차례임이 분명하다. 그녀의 절실함이 어떤 행동으로 이어질지 알 수 없지만 화자 자신이 얼마나 편파적인지를 입증할 수 있는 극단적 표현의 등장을 예측할 수 있다. 이 정도의 단호한 태도라면 후퇴도 용서도 기대할 수 없다. 그뿐만 아니다. 그녀의 선언에 가까운 이 어투에는 "너는 뉴스가 이렇게 편파적이어도 괜찮아?"라는 질문도 절반 이상 섞여 있다. 화자는 즉각적인 동의를 재촉하고 있다. 확실히 선동적이라 할 수 있다. 하지만 뉴스가 얼마나 편파적인지 잘 아는 우리는 그녀의 편파 선언을 말리기보다 뛰쳐나가 함께 '나도 그래'라고 외치고 싶은 충동에 사로잡히게 된다. 다시 '촛불'이라도 준비해야 할 것만 같다. 그만큼 자극적이다.

이 자극의 근원에는 그녀를 이만큼이나 막다른 곳으로 몰아붙인 뉴스가 있다. 그리고 뉴스의 편파성에 진저리를 치는 사람들이 '촛불 광장'에 모였던 군중보다 많을 수 있음을 짐작하게 한다. 그래서 이 짧은 문장은 진술이 아니라 선언이 되어 버렸다. 발언을 주재한 화자 때문이 아니라 화자의 발언에 묵시적으로 동의하는 말없는 절대다수가 그녀의 발언에 힘과 역동성을 부여하는 극적 전환이 일어날 수 있기 때문이다. 이 역시 '참여'를 통해 확장되는 '다수성'의 비밀이다. 이것은 '스크린'에 둘러싸인 '미디어 공화국'에 대한 분명한 도발이자 의도하지 않은 정치적 효과다.

비슷한 구문을 우리는 20년도 더 전에 들은 바 있다. 『흐트러진 침대』로 유명세를 타고 있던 프랑수와즈 사강이 마약 혐의로 체포된 뒤 법정 앞에서 "나는 나를 파괴할 권리가 있다"고 항변했던 말이 그것이다. 자기 파멸권에 관한 격렬한 주장이었다. '나로 꽉 차버린'(옥타비오 파스 『활과 리라』) 극단적인 주체 과잉의 발언이 그녀의 입에서 튀어나왔다. '나'가 곧 '세계'다. 나의 외부는 없다. 팔 하나 움직일 틈도 없이 내 신체와 똑같은 크기로 빈틈없이 메꿔진 공간에서 나를 파괴하기 위해 '움직일 공간'이란 없다. 러시아의 스타니슬랍스키는 배우가 무대 위에서 허공을 향해 손가락을 뻗으면 공간은 그 방향을 따라 끝없이 확장된다고 말했다. 밤하늘을 가리키는 손가락 끝과 별 사이는 거의 무한한 공간이다. 하지만 둘 사이를 이어주는 가상의 선은 단지 우리가 수긍하는 심리적 선일 뿐이다.

따라서 사강식의 주체란 존재하지 않는다. 주격 '나'와 목적격 '나'의 충돌이란 지나친 과잉이 되는 셈이다. 결국 '나'는 극단적으로 확장된 '나'를 파괴할 힘도 권리도 없어져 버린다. 자아의 밖이 없다면 세계는 존재할 수 없다. 어찌되었든 정지윤의 '나'는 자신의 자아 밖에 분명한 '적'인 뉴스를 배치해 두고 있다. 그것도 편파적이기 짝이 없는 적이다. 이 적은 수많은 스크린을 앞세운 채 천개의 입을 마음대로 휘두르는 막강한 존재다. 그것은 주체를 모방해 다양한 '작용'을 하지만 인격을 가진 주체는 아니다.

단수도 복수도 아닌 그 주체는 언제나 공공성이란 이름의 탈을 쓰고 나타난다. 현대의 공공성은 시스템을 추상화한 관념이다. 공공성의 상호작용과 책임 문제는 현대성을 논의할 때마다 등장하는 화두다. 어찌되었든 주체가 모호해진 현대사회에서 '뉴스'는 모든 것에 우선해 공공성을 실현하는 '방법'처럼 행세한다. 그러나 공공성의 실현이라는 속성이 언제부터인가 권력이 되었다. 말을 장악한 매체들은 모든 것 위에 군림하는 거대한 입이 되었다.

총이나 칼 혹은 잠수함이나 미사일을 동원하여 인명 살상의 전쟁을 벌이는 국가들은 협상력을 결여한 국가들이다. 협상력은 말에서 나온다. 즉 말이 타락하거나 단지 수단으로만 작동할 때 더 이상 정치는 없다. 정치적 최후 수단은 오직 전쟁뿐인 셈이다. "더 이상 말이 통하지 않는다"는 것은 최소한의 정치적 협상이 불가능해졌음을 의미한다. 말로 권력을 쟁취하기 위해 다투는 정치와 같은 합법 투쟁과는 달리 말로 싸우지도 협상하지도 않는다. 하지만 비합법 영역의 최상층에 '시의 집'이 있다는 것을 현대인들은 잊고 산다. 정지윤은 이런 말의 속성을 잘 알고 있다.

'돈'을 버는 기사와 그렇지 않은 기사들의 차이를 너무나 잘 구분하는 뉴스들이 '공공성'을 입에 달고 사는 것은 그만큼 자신들의 존재 이유가 희박해졌음을 의미한다. 자기반성의 모드를 의상처럼 걸치고 다니는 정치와 뉴스를 함께 묶어 주는 것은 데이터로 추출된 여론뿐이다. 이런 수리적 허구와 명분이 표적으로 삼는 것은 다수를 사로잡는 센세이션이다. 그런 점에서 뉴스란 처음부터 권력을 가진 자들과 그것으로 돈을 버는 자들의 결합이다. 그들의 내부에서 자기 밥그릇의 논리를 거부하고 내부 체제의 허위를 뚫고 나오는 '위대한 정신'들을 가끔 보기도 하지만 대부분의 경우 그들은 공공성이 무엇인지 치열하게 고민하지 않는다. 그들은 자신의 의도대로 편집된 센세이션을 정치적 도구로 활용하며 밥그릇을 채우고 변신을 꾀한다. 정지윤은 모든 관계를 힘의 서열대로 편집하는 '뉴스'를 접할 때마다 뉴스란 근원적으로 편파성에서 벗어날 수 없는 태생적 구조를 지닌 것임을 깨달았다. 뉴스의 편파성은 일시적인 것이 아니라 근원적인 속성이라는 것이 그녀의 판단이다. 그녀의 이런 판단은 뉴스에 대한 일시적인 반감이나 비난이 아니라 뉴스의 속성을 꿰뚫는 통찰력의 결과다. 그녀는 뉴스의 이런 편파성을 받아들일 수 없는 억압으로 인식한다. 더구나 이 억압을 주재하는 존재는 시스템의 책임과 공공성의 의무를 소비자인 대중들에게 분산시켜 버린 누군가이다.

비난이 일거나 심한 저항이 있을 경우 "○○○ 위원회"가 소집되는데

이 위원회를 주재하는 이름만 유명한 학자나 대중에게 잘 알려진 인기 패널, 전직 기자나 프로듀서, 변호사, 퇴직 공무원 등이 그 구성원이 되어 책임 소재를 흩트려 버린다. 어떤 경우에도 뉴스 생산과 유통의 직접 당사자가 책임지는 경우란 매우 보기 드문 일이다. 기자나 피디, 언론사 사주나 데스크의 중간 관리자들, 그들은 전문성과 직책에 따라 역할이 주어져 있는 것 같지만 본질은 매우 다르다. 뉴스의 생산과 소비 유통은 하나의 시스템으로 존재할 뿐 책임을 지는 존재가 아니다. 개인도 아니며 집단도 아닌 이 생산자들은 공정성이라는 가면 뒤에 자신의 얼굴을 숨기고 있는 자본일 뿐이다. 그들은 그저 지배적인 체제가 자신을 반영한 시스템의 일부일 뿐 역사를 생산하는 주역일 수 없다. 특별한 보도 사진 한 장이나 기사 한 줄이 역사의 극적인 순간을 포착, 흐름을 바꿔 놓는 경우 역시 센세이션의 먹이로 소비돼 빠르게 사라져 버린다. 자본과 소비자로서의 대중만이 그들과 유일한 혈연관계를 이루고 있다. 그런데도 그들은 기이하게도 자신을 공정과 진실과 자유의 근거라고 주장한다. 최근 유튜브, SNS, 블로그, 일인 방송 등으로 뉴스 생산과 유통의 주체가 빠르게 분화돼 가고 있지만 근본적으로 자본과 대중이라는 준거에서 자유로운 상태는 아니다. 정지윤은 시스템으로서의 뉴스가 지닌 편파성과 심각한 말의 왜곡을 제자리로 돌려놓기 위해 더 단호한 허구적 가설(시)을 상상한다.

4. 시는 뉴스보다 더 힘이 세다

그녀의 허구와 가설은 직접적이고 즉각적인 뉴스의 물리력에 대응할 수 있는 그녀만의 수단이다. 편파성을 편파성으로 돌파하고자 하는 그녀의 시적 전략은 형식적 측면만 보자면 남미 민중 신학의 주재자였던 로메로 대주교의 처방을 연상케 한다. "부당한 폭력은 더 큰 폭력으로"가 그의 신념이었다. 신부와 시인의 진실과 정의에 대한 가설이 시대와 지역을 사이에 두고 서로를 '바라본'다. 거울에 반사된 두 사람의 얼굴이 닮아 있다.

끝없이 싱싱한 먹이(센세이션)를 찾아 대중을 흔드는 악어 떼들, 그들의 속도와 변신에 맞서 정지윤은 더 편파적이 되고자 다짐한다. 이 다짐은 그 단호한 어투만큼이나 심상치 않다. 아직까지 이렇게 자기 스스로 '편파적'이라고 '선언'해 버리는 자기 파괴적인 태도는 별로 볼 수 없었다. 어떤 식으로든 인간적 가치를 향해 역동하기 마련인 '시'가 그 금기를 깨고 부정에 부정을 얹힌 이중 부정의 당사자가 되겠다고 나서는 일은 흔치 않다. 우리는 이 결말 없는 긴 싸움을 지켜보아야 한다. 결말 역시 상상하는 가설의 정도에 따라 달라지겠지만 우선은 시원하고 통쾌하다. 싸움의 결은 다르지만 일찍이 이런 통쾌한 정면 승부가 아주 없었던 것은 아니다.

낫 놓고 ㄱ자도 모른다고
주인이 종을 깔보자
종이 주인의 목을 베어버리더라
바로 그 낫으로

-김남주 「종과 주인」 전문

김남주는 전두환이 군부 쿠데타 이후 광주의 위대한 시민들을 학살할 때 교도소에서 이런 시를 밖으로 내보내고 있었다. 이 지면에 그를 소환하는 까닭은 허구의 시가 얼마나 센세이셔널해질 수 있는지를 보여 주기 위해서다. 신분이나 계급과 상관없이 인간이 자신의 존엄을 부당하게 훼손당할 때 어떤 일이 벌어질 수 있는지 이 시는 웅변하고 있다. 시적 허구에 불과한 이 시가 어떻게 읽는 사람에게 섬뜩함을 전달할 수 있을까. 「종과 주인」은 시적 허구가 단순한 언어의 덩어리가 아니라 신체화된 시인의 정신이 발현되는 것임을 증명하고 있다. 이 시가 전취한 치열한 정신과 기세는 군부 쿠데타의 예기치 않는 출현보다 더 강력하게 80년대의 역사적 역동성을 이끌어 갔다.

그의 시는 당대의 어떤 뉴스보다 센세이셔널한 힘을 발휘했다. 김남주의 이 시는 마흔 살도 안 돼 요절한 천재 조각가 구본주에 의해 또 한 번 물리적인 몸을 얻는다. 구본주는 날카롭게 날이 선 낫을 쥔 손과 팔뚝을 조각한 뒤 이 작품에 〈혁명은 단호한 것이다〉란 제목을 달았다. 이 조각의 등장은 완벽하고 아름다운 신체만을 추구하던 한국 조각사에 최초로 자의식을 심어준 사건이었다.

시와 조각을 하는 예술가들만 이런 가설의 힘을 발휘했던 것은 아니다. 노동자들의 부당한 착취와 고통을 자신의 몸에 받아들여 그 몸에 불을 붙임으로써 노동자들의 불이 되어 버린 전태일 또한 가치라는 허구의 힘이 얼마나 강력하고 근원적인 힘인지를 입증했던 인물이다. 타인의 고통을 함께 느끼고 그 "고통의 내용을 있는 그대로 이해하고 거기에 참여"해 저항하는 것이야 말로 예술적 허구의 본질이다. 나규환의 만화와 회화적 기법을 오가는 드로잉 또한 발칙하다. 검은 옷걸이에 걸려 있는 검은 점퍼와 검은 방아쇠, 보이지는 않지만 점퍼를 몸에 걸치고 있던 사람. 여기까지의 정황은 하나도 이상할 게 없다. 하지만 옷걸이의 중간쯤에 눈이 가닿는 순간(사실 이 그림은 보는 순간 총의 방아쇠부터 눈에 들어온다.) 이 화면은 극적으로 변해 버린다. 검은 색 옷걸이의 쇳덩이 같은 질감과 분위기가 빈 여백에 긴장감을 고조시킨다.

5. 옷걸이일까 총일까 – 눈길을 끄는 배치

옷의 주인은 누구일까. 그는 왜 사라졌을까. 사라진 신체는 어디로 갔을까. 방아쇠가 달린 저 사물은 옷걸이일까 총일까. 옷걸이이자 총인 이 형상을 무어라 불러야 할까. 사자의 몸에 사람의 얼굴을 한 스핑크스와는 달리 '총'과 '옷걸이'의 결합은 고대 이집트의 그것처럼 신비감으로 이어지지 않는다. 그러나 눈길을 끄는 것은 사실이다.

'낯섦'을 노린 것이라면 성공이다. 한데 스핑크스의 상징이 이미 상식이 되었듯이 총과 옷걸이의 결합 역시 꼭 낯선 것만은 아니다. 설치와 배치가 실시간으로 뒤섞이는 현대의 다양한 인스톨레이션 중에는 이보다 더 기이한 것들도 많다. "옷걸이와 총"도 끝없이 반복되는 그런 시도 중 하나일 수 있다. 그런 실험의 반복 또한 습관이 돼버렸지만 이 불길한 예감에서 벗어나기는 쉽지 않다. 기능과 효용성이 다른 두 사물을 하나로 묶는 이런 트렌디한 발상에도 불구하고 이 드로잉은 '이야기'를 하고 있다. 정지윤의 시는 이 불길한 이미지가 어디에서 비롯되고 있는지 그 극적인 광경을 보여준다.

......
대출 광고들이 안팎으로 달려든다
어쩔 수 없잖아
속삭이던 눈송이들이
신용카드를 꺼내 서로의
손목을 그어 주었다

−「서울역」부분

「서울역」이란 제목이 붙은 이 시 속의 두 사람은 더 이상 대출받을 힘도 남지 않은 노숙자들일 수 있다. 총 대신 신용카드가, 점퍼 대신 노숙자가 더 현실의 실감에 가깝지만 나규환의 드로잉은 정지윤에 의해 끝내 이야기를 얻는다. 그러나 고통의 내용을 증언하고자 하는 이미지엔 입이 없다. 시에 눈이 없는 것과 같다. 결국 시집이자 드로잉 북인 이 책은 두 사람의 입과 눈이면서 총이고 옷걸이다. 시와 드로잉이 이루는 각각의 씬과 절묘한 시퀀스가 이어지며 내러티브를 완성해 간다. 이런 방식의 이해가 새로운 읽기의 방식이 될 수는 없을까. 물론 그런 시도가 만화나 영화, 게임 같은 영역에선 전혀 낯설지 않다. 예술의 전 영역이 '즐김' 그 자체를 목표로 하는 대중문화가 되어야 한다고 주장하는 것은 아니다.

관객이자 독자들은 책을 펼치는 순간 곧 이 같은 사실을 알게 된다. 드로잉과 짝을 이루는 시엔 점퍼의 주인이 누구인지 짐작하게 하는 장면이 펼쳐진다. 시를 따라가다 보면 그것은 문자나 그림, 영상이 아니라 누군가의 현실적인 죽음에 가닿는다. 경우에 따라서 그 죽음은 독자인 나에게로 전염될 수도 있는 것이다. '너' 혹은 '나'라고 불리는 '우리'가 어떻게 서로를 매개로 고통의 공감에 이르게 되는지 알게 하는 것이 바로 예술이다. 시는 그 목소리가 크고 격렬하든 작고 고요한 것이든 그것이 진심인 한 선동적이어서 문제적인 사태를 만든다. 시는 편하고 즐거운 것이 아니다. 결코 잘 팔리지 않는다. 예술에 긍지가 있다면 그 '팔리지 않음'을 다행으로 삼기 때문이다.

6. 환영과 진실을 가로지르는 시선

정지윤의 시는 실감이 사라져 가는 현대의 공허한 삶을 가능한 한 객관적인 시선으로 바라보려고 한다. 그녀가 포착하는 삶의 구체적인 정황은 대부분 고통스럽고 곤경에 빠져 있다. 부동산 문제를 다룬 "나는 노예/집은 힘이 세다"(「집」)나 가치 지향성을 위한 고민은커녕 졸업도 하기 전에 취업 전선에 내몰리는 대학생들을 다룬 "대학 찰옥수수/빈틈이 없다/…뜨거운 솥에서도/흩어지지 않았다"(「아무도 웃지 않았다」), "당신은 누구십니까/캄캄한 눈빛이 오"가는 (「면접 보러 가는 날」) 등 한국사회가 고질적으로 앓고 있는 다양한 문제들을 그녀는 다큐 영화의 집요한 카메라처럼 뒤쫓는다. 정확히 말하자면 그녀의 다큐는 '사실'을 고발하는데 목적이 있는 것이 아니다. 비인간화된 현대 시스템 속의 주체들이 얼마나 참혹한 주체 상실의 위기에 내몰리고 있는지, 그들은 영상 속의 이미지가 아니라 살아 움직이는 사람이라는 당연한 사실을 확인시킨다. 그녀의 주체들은 "나는 좀비도 AI도 로봇도 아니다"고 외치고 있다. 그러나 그녀는 아무도 들으려 하지 않는 이런 함성 곁에 그저 오래 서 있고자 한다. 깁스를 하고서라도 면접장 문을 두드려야 하는 절박한 구직자들이나 눈 내리는 날 서로 동료의 손목을 면도날로 그어주는 노숙자들의 풍경은 그녀가 타인의 고통에 동참하는 과정을 통해 얻은 디스토피아의 장면들이다. 그래서 그녀가 포착한 고통의 양상은 슬프고 아프기보다 때론 섬뜩하다. 정지윤은 대상을 정확히 보기 위한 '거리'를 확보하지만 그녀의 가슴은 완벽하게 대상들과 동기화 되어 있다. 렌즈의 차가움과 피의 뜨거움은 이 순간 구별되는 별개의 영역이 아니다. 그녀가 인화하는 현실은 네거티브 필름처럼 거꾸로 뒤집혀 있다. 그런데 그녀의 위기감을 증폭시키는 것은 이런 역전된 풍경이 아니다. 여기저기서 예고 없이 뛰쳐나와 실상을 뒤덮어 버리는 영혼 없는 이미지와 말들이다.

셀카와 웹을 통해 거의 무한대로 자기 복제되는 주체는 주체에서 파생된 이미지의 조각이거나 일종의 잉여다. 복제되는 이미지와 실감을 잃은 신체는 가상의 이미지와 껍데기뿐인 말들의 홍수에 휩쓸려 한없이 어디론가 흘러가거나 쓰레기통에서 썩어 간다. 소위 언론이라 불리는 정보 생태계의 주된 흐름은 센세이셔널하게 가공되는 사실을 입맛에 맞게 포장(광고)하는 일과 가상성(환영)을 확대하는 일이다. 진위를 가리기 어려워진 정보 즉 '말'들은 사고 파는 게임의 회로 속을 떠돌 뿐이다.

7. 편파성에 대응하는 – 응시하기와 함께 춤추기

......

아이템이 가득한 젖병, 통통한 아기는 깔깔거리고 유모차는 모니터 위를 날아다닌다 키보드가 중얼거린다

최고로 키울 거야

엄마 나 여기 있어

넌, 그냥 게임이야

여자가 마신 콜라 한 병과 우유 한 팩이 쓰레

기통에 처박혀 있었다 젖이 퉁퉁 불은 모니

터는 멈추지 않는다

−「매트릭스」부분

　뉴스에 보도된 이 사건은 게임 중독에 빠진 어린 20대의 아이 엄마가 아이를 죽어가도록 방치한 사건이다. 정지윤은 젖이 퉁퉁 불은 모니터와 키보드를 두드리는 죽은 아이의 환상을 떠올렸다. 이 환상은 공포 영화의 한 장면처럼 어둡고 끔찍하다. 신체와 기기가 그것도 모유를 수유해야 할 어린 엄마와 컴퓨터 모니터의 자리가 역전되어 있다. 이것은 상상 속의 풍경이 아니라 눈앞에 펼쳐진 '현실'이다. 정지윤은 이 장면에 아이템이 가득한 젖병을 아이 입에 물리는 모니터의 모성(?)을 한 번 더 화면에 올려놓는다. 고통과 슬픔을 표현하는 그녀만의 역설적 방식이지만 독하기 그지없다. 그녀의 아픔과 분노는 어디를 향하는 것일까. 그녀는 뉴스의 깊은 곳에 은폐되어 있는 소외의 결과를 뉴스보다 더 아프게 끌어내고 있다. 너무 개인사의 비극을 극단화 하는 게 아니냐는 비난을 감수

하고서라도 이 비극을 일회성의 뉴스에서 끌어내고자 한다. 그녀는 모니터와 뉴스가 은폐하고 있는 '고립'과 '소외'를 오래 응시함으로써 이 문제의 근원에 저항하기 시작했다.

뉴스는 디스토피아가 되어 버린 세계의 끔찍한 양상을 중개할 뿐 어떤 대안도 내어놓지 않는다. 주체의 고통을 소외시키는 미디어들의 전형적인 보도 형식이다. 아이와 아이 엄마는 단지 보도되는 대상일 뿐이다. 뉴스의 중심에는 보이지 않는 윤리적 주체가 이 사건의 어처구니없음과 비인간화를 '객관적'으로 전달하고 있다. 그들은 다만 보도할 뿐 개입하지 않는다. 적어도 겉으로는 그렇다. 하지만 사건의 끔찍한 센세이션 뒤에는 결코 간과할 수 없는 문제가 도사리고 있다. '중독'은 '결핍'의 다른 말이다. 결핍의 원인에는 수많은 문제가 얽혀 있을 수 있지만 근본적인 것은 모든 관계로부터 고립된 개인이 있다. 고립은 고립을 낳았고 그 끝에는 젖먹이 아이의 죽음이 남아 있다. 시스템의 종사자들 또한 유령이 아닌 한 먹고 살아야 한다. 그런 점에서 그들도 다른 임금 노동자와 다를 게 없다. 단지 문제는 그들의 노동이 시스템을 위해 종속되어 있다는 것이고 결코 그들이 독립을 꿈꾸지 않는다는 것이다.

개인과 집단 모두를 왜곡시키는 뉴스와 말들은 결국 자신의 실체까지 위협에 빠뜨리게 된다. 스크린의 화려하고 속도감 넘치는 영상과 대사(말)들은 현대의 일상에 내재된 위기를 똑바로 보기 어렵게 한다. 은폐된 진실은 주체가 겪는 고통을 마취시킨다. 끝없이 '말'의 진정한 질감을 납작하게 평면화시켜가는 테크놀로지는 가상의 공허한 '저 너머'를 집요하게 현대의 일상 안으로 끌어들이려 한다. 시간과 공간, 인간의 장기까지 데이터화하거나 자본화하고자 하는 스크린 문명을 정지윤은 손톱에 피가 맺히도록 긁어 댄다. 정지윤의 저격은 즉각적이다. "나는 뉴스보다 더 편파적이다!"라고 외치는 도발은 개념이나 사유의 결과가 아닌 생물학적 직관이다. 비명에 가깝다. 정지윤은 이미 우리가 다 알고 있으면서도 정치화하지 못하는 스크린의 거짓과 억압을 참을 수 없어 한다. 그녀는 저항이 너무도 당연한 권리라고 생각한다. 그녀는 스크린들이 끝없이 반복 재생하는 '소문들'과 소문의 '편파성'을 되돌려 주어야 한다고 믿는다.

　정지윤의 시적 허구는 이미 제도화된 문명의 실재적 환상을 공격한다. 따라서 그녀가 펼치는 역설에 대한 재역설은 센세이셔널한 충격을 겨냥한다. 조각가이자 화가인 나규환은 대추리, 용산, 제주 강정마을 등 한국 사회를 뜨겁게 달군 주민 저항 운동의 이슈와 늘 함께한 이름이다. 소위 자본과 반자본, 오염된 실제와 순결한 예술적 허구, 철거 회사 용역들과 이에 저항하는 철거민들이 죽음에 이를 때까지 맞부딪치는 현장이 그의 작업장이었다. 아무도 발령 내지 않은 이런 현장을 십년 넘게 떠돌았다. 제도가 은폐한 폭력적 현장의 특수성은 그의 몸에 프로파간다의 직접성을 새겨 넣었다. 그는 박근혜, 이명박, 김용균, 일용직 노동자 등등 수많은 인물들을 적 혹은 친구로 만나 다양한 방식으로 현장에 배치했다. 그러나 역설적이게도 정치적으로 격렬하기만 했던 현장은 오히려 그를 세속화의 위험으로부터 차단했다. 벌써 40대인 그는 여전히 소년 같은 부끄러움을 지니고 있다. 문명화된 자본의 무자비함에 맞서는 현장

파견 예술가의 삽과 드릴과 조각칼은 그를 '노가다'라 불리게 했다.

실제로 그의 몸은 노동에 익숙해져 있다. 나규환은 좀비와 같이 막무가내로 파괴적인 욕구를 드러내는 조급성을 발견할 때마다 이를 지워버리고 싶어 한다. 인정하기 어렵거나 부당하다고 생각했을 때 그는 대상을 날카롭게 찌르고 파내기보다 거꾸로 끌어안아 지워버리고자 한다. 갈등의 무거움을 '극적으로 해소하는 놀이와 다른 상황으로의 국면 전환을 선호하는 셈이다. 그래서 그의 바보 같은 웃음은 현장에서 더 빛을 발한다. 그는 쉬 지치지도 좌절하지도 않는다. 그가 밀어버린 뒤통수에 붉은 물감으로 몇 겹의 동그라미를 그려 넣고 다녀도 그에게서 불량기는 전혀 묻어나지 않는다. 선한 눈매와 웃을 때 드러나는 깨끗한 치열은 주변을 늘 밝은 에너지로 이끈다. 그의 이런 인간적 특성은 곧장 작품으로 이어진다. 비정규노동자 쉼터인 〈꿀잠〉 입구에 설치된 '빗자루를 탄 청소부 아줌마'가 대표적이다.

청소부 아줌마의 큰 엉덩이가 올라탄 빗자루를 보면 웃음을 참기 어렵다. 얼핏 해리포터의 마술사를 연상시키는 이 작품은 대상과 작가가 한 호흡 속에 있음을 말하지 않아도 느끼게 한다. 그는 청소부 아줌마들에게서 마술사를 발견했다. 오염되고 더럽혀진 공간을 순식간에 깨끗하게 바꿔 놓는 청소부들의 '일'이 그에게는 마법이다. 노동이 아니라 신나는 놀이의 일원이 된 것처럼 그녀들의 몸짓에 환호한다.

그는 이 여성들의 고단한 노동과 위태로운 환경을 연민하기보다 함께 빗자루를 타고 지붕 위를 날아다니며 놀고 싶어 한다. 둥글둥글하게 변해버린 일용직 여성 청소부의 신체는 그녀들이 지나온 시간을 정직하게 반영하고 있음에도 그에게는 오히려 넉넉하고 친숙하게 받아들여진다.

나규환은 그녀들에게서 웃음을 배웠다. 웃음은 언어도 의미도 아니지만 몸의 경직이 풀어졌을 때만 드러나는 공감의 표현이다. 즐거운 엔트로피의 증가는 인간의 신체를 춤추게 한다. 웃으며 춤추는 신체는 감정의 상승에 이르러 즐거움의 가치를 직관하게 만든다.

웃음은 상황을 돌파할 재생의 힘을 부여할 뿐만 아니라 도저히 불가능한 난제들을 뚫고 나가는 기적을 만든다. 나규환은 구본주의 곁에서 조각을 배운 작가인데 선배의 전투적 치열성을 받아들여 반대로 웃음과 해학의 출구를 뚫었다. 구본주가 떠난 자리에 남은 진한 멍 자국과 흉터에서 다시 꽃이 핀 것이다.

묶인 일들은 풀어버려요
함께 추는 브레이크 댄스
과장된 스텝이 우리를 살게 하죠

문자로 날아오는 해고 통지
부은 내 얼굴을 깎아요
나는 새우깡에 길들여진 갈매기가 아니에요

−중략

껍질속의 휘파람

영안실에 두고 온

이력서들을 불러올까요

−중략

더 가벼운 것들로 허기를 채우는 우리는

밀폐된 입을 가진 댄서

끝없이 증식되는 오, 나의 그림자들

−「스카이 댄서」부분

일용직 해고 노동자들의 연대 투쟁을 그리고 있는 이 작품은 어둡고 비장하기보다 활기에 차 있다. 그들의 연대 투쟁이 춤추는 무희들처럼 경쾌한 탓이다. 그들이 맞이한 상황은 "영안실에 두고 온/이력서를 불러"와야 할 만큼 심각하지만 직장에서 잘린 노동자들과 함께하는 그녀들은 자신들이 이미 "새우깡에 길들여진 갈매기"가 아니라는 것을 자각해 버린 상태다. 제도와 시스템에 묶여 좌천당하고 전출되고 드디어 방출되어 쫓겨나버린 그녀들은 함께 모여 춤(시위)을 춘다. 보이지 않는 사슬로부터 자유로워진 그녀들은 노동자에서 인간으로 복귀해 버렸다. 새우깡보다 "더 가벼운 것들로 허기를 채"워야 하는 상태지만 춤추는 그녀들의 몸은 한없이 가볍다. 하늘거리는 옷자락과 헝클어진 머리칼은 바람을 따라 날아오르는 갈매기들의 날개 같았다. 나규환은 하늘의 새들을 촬영하듯이 광장에 모여 춤추는 그녀들을 고속 촬영한다. 동체 시력을 벗어난 그녀들의 잔영이 허공에 그림자처럼 겹쳐졌다. 그녀들 속에서 똑같은 그녀들이 뛰쳐나오기 시작했다. 그것은 자기 분신을 통해 스스로 자라오르는 "증식" 그것이었다. 증식을 거듭하는 날개들, 늘어나는 그림자들 그리고 춤추는 언니들. 정지윤은 이 댄서들이 '밀폐된 입'을 가졌다고 증언한다.

　이 시는 아주 무거울 수 있는 상황을 구어체를 사용해 가볍고 역동적인 상황으로 바꿔 놓고 있다. 생각하면 두렵고 슬픈 해고 통보이지만 춤(싸움)을 멈출 수 없다. 하늘을 비행하는 날렵한 날개들처럼 스텝을 가볍게 더 가볍게 밟으며 날아야 한다. 나규환의 드로잉이 포착한 「스카이 댄서」는 "증식되는 오, 나의 그림자들" 그 자체. 그는 이 드로잉을 할 때를 기억하지 못한다고 했다. 워낙 짧은 순간에 그리고 끝났기 때문이다. 왜, 무엇을 그리려고 했는지 기억에 남는 것이 없다는 것이다. 본래 눈과 머리와 손과 마음의 일치는 일순간에 작동했다 더 빠르게 지나간다. 파랑새가 눈앞을 지나가는 순간은 그렇게 짧다. 예술가에게 이런 순수한 몰입의 순간은 행운이다. 그럴 때 예술가는 자신을 넘어서는 몰입에 빠져들 수 있다. 의식이나 의지 대신 무의식이 예술가를 장악한 채 작업을 완료한다. 두 번 다시 재현 불가능한 순간은 그렇게 지나간다. 그렇게 일체가 되는 영감의 순간은 어쩜 멍 때리는 순간과 비슷한 것일지도 모른다. 나규환의 선은 빠르고 유연하지만 무질서할 만큼 자유롭다.

춤추는 대상들은 날아오르며 "증식"된다. 허공으로 날아오름과 동시에 지상으로 미끄러진다. 증식의 시작이 어디서 시작된 것인지 알 수 없다. 중심이 없는 신체. 이 순간에 자아와 주체의 역할을 묻는 것은 텍스트주의자들이나 할 짓이다. 바람과 날개와 풍선처럼 부풀어 오른 자유에 관객도 배우도 그냥 몸을 맡기면 된다. 불어가는 바람이 흔들어 놓는 머리칼과 치맛자락을 나규환의 선은 단 한 번도 멈춤 없이 바람의 리듬을 한순간에 완료해 버렸다. 바람인 그녀가 중얼거린다. "묶인 일들을 풀어버리"라고. 일방적인 해고 통보 정도로 그녀를 묶어둘 수 없다고 중얼거린다. 갈매기의 날개와 그녀의 옷자락은 하늘을 누비며 춤추는 동안 자꾸 늘어나 전체를 이룬다. 우리는 역사 속에서 이런 장엄한 광경을 가끔 실제로 목격한다. 온통 촛불로 가득한 광장이나 온 나라가 창문으로 얼굴을 내밀고 하루 종일 울던 이한열의 '장지 가는 날' 등등 우리는 역사의 행간에 잠시 나타났다 사라지는 아니, 지나가 버리는 그 눈부신 환영을 안고 디스토피아가 되어 가는 세계를 그래도 웃으며 건너간다.

8. 팽목항 – 바라보기조차 미안한 눈부신 계절

한국의 4월, 5월, 6월은 떠나가 돌아오지 않는 무수히 많은 얼굴들로 눈이 부신 계절이다. 바라보기조차 미안할 만큼 아름다운 계절들이다. 몸을 벗고 투명한 햇살과 하나가 되어 버린 이름들이 되돌아와 꽃을 피우는 곳이다. "천개의 목소리가 모여 이루는 유일하고도 같은 하나의 함성"을 이룬 하늘이다. 자살한 프랑스의 한 철학자는 이것을 "존재의 함성"이라고 했다. 그에게 「스카이 댄서」들이 춤추는 한국의 봄을 보여주고 싶다. 댄서들의 뒤에서 방패를 들고 서 있는 푸른 제복의 조연들까지.

나규환의 또 다른 역작 〈아버지의 눈물〉은 'ㅁ'자의 게이트를 품은 대형 조각이다. 이 문은 바다의 심연을 향해 열린 통곡의 문이다. 팽목항 앞에 꿇어앉은 아버지의 몸은 깊은 계곡처럼 깎여 나갔다. 절망의 기둥이 되어 버렸다. 바람과 파도 소리가 빠져나가는 텅 빈 신체의 중심은 영원히 채울 길 없는 죽음의 통로다. 사각의 기둥을 이룬 채 꿇어 엎드린 아버지를 빈틈없이 뒤덮고 있는 것은 수천, 수만의 파도다. 이 고통으로 가득 찬 신체 옆에 정지윤은 자신의 시들 중 가장 서정적인 「이야기가 잘 떠오르지 않는 봄날」을 배치했다. 지극한 슬픔은 말도 눈물도 식욕도 앗아가 버린다. 숨쉬기조차 어려운 슬픔 앞에서 말이란 아니, '살아있음'이란 봄날의 찬란한 햇살만큼이나 잔인한 것이다. 억울하게 죽어간 자의 기억은 그 기억을 공유한 자들 역시 함께 죽여 버린다. 저 광주의 5월이 그렇고 팽목항의 노란 4월이 그렇다. 정지윤의 이 시는 딸을 잃은 아비의 슬픔이자 사라진 딸의 노래다. 시인은 때론 이승과 저승을 오가는 영매가 되기도 한다. "다음 이야기가/생각나지 않는다"로 시작되는 이 시의 첫 줄은 한없이 아득하다. 생의 연속성이 단절될 만큼 커다란 슬픔이 지나간 인간이 느끼는 생의 감각이다. 지극한 상실은 남은 생의 의미와 삶의 지속성마저 납득할 수 없는 상태로 빠뜨린다. 그해 4월 16일 우리는 팽목항에서 모두 그런 상실을 겪었다. 도저히 용납할 수 없는 죽음 앞에서 아무것도 할 수 없는 주체는 산 채로 죽음을 경험하게 된다. 깊은 바다의 심연 속으로 사라져 버린 죽음 앞에서 살아남은 자들은 아무 말도 할 수 없다. 몸 밖의 것들이 모두 낯설 수밖에 없다.

내 곁에 살구나무가
낯설다

꽃은 지고 그 너머가
보이지 않는다

물이 흘러가다 반짝인다
나는 조금씩
너와 가까워졌다

이야기가 잘 떠오르지 않는
짧은 봄날

－「이야기가 잘 떠오르지 않는 봄날」 부분

나규환은 아버지의 온몸을 뒤덮고 있는 파도를 조각칼이나 전동 톱 같은 도구를 사용하지 않고 모두 맨손으로 밭고랑을 긁어내듯 파냈다. 회오리치듯 휘몰아치는 눈두덩, 각목처럼 직각으로 굴절된 어깨와 무릎 뼈, 몸 전체가 고통인 아버지의 신체는 출렁이는 파도에 깎여 나가는 절벽이다. 팽목항의 죽음은 살아있는 사람들의 온전함도 함께 가져갔다. 이 죽음과 원죄 의식을 정화할 수 있는 길은 없다. 'ㅁ자' 상단을 가로지르는 기둥 아랫면엔 눈도 코도 입술도 모두 파도에 뒤덮인 얼굴 하나가 입도 닫지 못한 채 매달려 울고 있다. 나는 이 얼굴 앞에서 평생 처음 조각의 몸이 되어 버린 그 아비와 함께 울고 있었다. 온몸으로 우는 아버지의 몸은 그 자체로 살아있는 것들의 죄의식이자 부끄러움이다. 코와 이마와 입술, 턱의 라인, 꿇어 엎드린 두 팔과 직각으로 꺾인 사각형의 프레임, 그 상단에 아비의 얼굴을 매달아 두었다. 이 형상은 이 세상에서 만난 가장 비통한 아비의 신체다. 나규환은 이 조각으로 팽목항의 아픔과 죄의식을 영원히 현재화했다.

내성적인 나규환의 눈은 평상시엔 사소하고 하찮은 것들에 가닿아 있을 때가 많다. 그의 드로잉은 일상의 사물이나 상황 속에서 순식간에 일어나는 미세한 기적에 민감하다. 그래서 그는 자신이 발견한 대상들을 '거기 그냥' 던져 놓고 빠르게 전체를 드로잉한다. 그는 직관을 작동하게 한 대상과 자신을 분리시키기보다 동화시켜 버린다. 거리를 두고 바라보기보다 한 '덩어리'가 되는 것을 선택하는 것이다. 대상과 주체가 서로를 동기화하는 찰나가 곧 그의 드로잉이나 조각이 시작되는 지점이다. 대상이 지닌 내외부의 깊이나 형태를 자신에게 옮겨 놓는 과정이다. 주체와 대상이 서로를 발견(의도)하는 이런 순간들은 놀랍도록 자연스러워 묻혀 버리기 쉽다. 스티로폼 쟁반의 난간을 기어오르는 쌀벌레, 바지 아랫단을 적시며 떨어져 내리는 빗방울들, 빗방울들이 수면에 그려 놓는 물의 궤적, 타오르며 사라지는 제단 위의 향과 곧은 연기, 지하철 바닥의 매끄러운 타일을 내리누르는 손바닥과 층층이 쌓이는 노숙자의 손 그림자, 허공에 농구공을 던지는 손가락들이 새의 깃털처럼 흔들리는 순간, 남자 화장실 바닥을 닦고 있는 청소부 아줌마의 지워진 눈과 뒤돌아선 채 소변을 보는 남자의 뒷모습, 포식 후 온 힘을 다해 몸을 부풀리는 고양이의 휘어진 등 ― 그의 드로잉을 따라가다 보면 말로 규정하기 어려울 만큼 사소한 사태와 만나게 된다. 심지어 '부풀어 오르는 고양이의 등'은 한 공간의 경계를 넘어 다른 영역으로 전이가 일어나는 순간을 포착하고 있다. '부풀어 오르는 등'을 한 프레임에 다 수용하기 어려워지자 나규환은 곡선의 상층부를 잘라 버렸다. 그러자 그려지지 않은 고양이 등의 빈 상층부가 드러났다. 비어 있는 채 이어지는 이런 곡선의 연장에 사람의 감각은 이미 익숙하다. 화면의 절단면에서 끊어진 선과 선은 그 운동 방향의 유추로 인해 심리적으로 이어진다. 생략되어 버린 라인은 심리적으로 유추된 선이다. 나규환에 의해 생략된 곡선들은 그리지 않음으로써 나타나게 되는 직관적 형상의 일부다. 눈앞의 야생 고양이는 확장되는 공간과 상관없이 진즉 담장을 넘어가 버렸다. 라인 밖의 영역은 '부풀어 오른' '고양이'가 '지금 이곳'을 향해 뛰어내리는 순간 찰나적으로 드러나는 공간이다. 그것은 시각적으로 확장된 넓이가 아니라 심리적으로 구성된 수직의 높이다.

　　발톱을 세우고
　　담장 아래, 죽음의 높이를 잰다
　　고양이가 뛰어내린다

　　시선을 낮추고 납작 엎드려
　　액체처럼 기어간다

　　밤마다 찢어지는 앙칼진 고양이
　　발톱 속엔 고양이가 산다

　　　－「고양이가 뛰어내린 높이」 전문

　정지윤에게 고양이가 뛰어내린 높이는 곧 지하로 하강하는 죽음의 높이다. 수직과 수평의 축을 뒤바꿔 버린 정지윤의 시를 나규환은 한순간에 눈으로 발견했다. 정지윤은 그것을 '죽음의 높이'라 명명했다. 두 사람은 각기 다른 시간과 좌표에서 이 작업을 따로 진행했다. 그럼에도 두 사람의 인식은 놀랍도록 일치되어 있다. 어쩜 이런 일치는 두 사람 모두 극단적으로 자본화가 심화되는 대도시의 삶에서 거의 '동일한 위험'을 감지하기 때문이 아닐까 싶다. 이들의 절묘하면서도 우연한 일치는 결국 어떤 예술도 당대의 삶으로부터 자유로울 수 없다는 것을 반증하고 있다.

출근길을 서두르는 익명의 '미스터 리'나 '미스 김'은 모두 이런 위험한 높이를 몸 안에 축적하고 있다. 매일매일 집에서 직장으로 뛰어가는 고양이들의 수평적 거리는 위태롭기 짝이 없는 수직의 높이일 수 있다. 수평의 축을 일으켜 세워 수직으로 바뀌는 순간은 언제라도 일어날 수 있다. 임금을 위해 출근하는 샐러리맨들은 죽음에 필적할 만큼 충격적이라는 해고의 잠재적 위험 속에서 출퇴근을 반복한다. 임금 노동자들에게 생계는 잠재적이든 직접적이든 죽음의 높이와 깊이를 동시에 지니는 위태로운 절벽이다. 몸은 위험 지대를 통과하기 위해 "액체처럼 기어"가지만 함부로 긴장을 이완시킨 채 "앙칼진 발톱"을 잊고 출근하는 일이 있어서는 안 된다. 그 순간 길바닥이 일어나 뒤통수를 칠 수 있기 때문이다. 평평하고 검은 아스팔트가 갑자기 수직으로 일어나 까마득히 높은 절벽으로 변해 버릴 수도 있다는 것을 고양이는 안다. 포식 후 있는 대로 등을 부풀리는 고양이의 나른한 이완은 그래서 한없이 부드럽다.

하나의 선으로 태어난 고양이의 백색 공간은 지극히 단순하다. 단순할수록 복잡해진다는 것을 우리는 경험으로 알고 있다. 그러나 고양이들은 언제라도 은유와 상징을 벗어던지고 제 몸 밖으로 뛰쳐나갈 수 있는 주체들이다. 주체와 역사에 관한 논란이 계속되지만 그들은 여전히 "촛불을 들어 올리던" 그들이며 모습을 바꿔 나타나는 허위의 얼굴을 향해 정확히 발톱을 세울 줄 아는 익명의 누구들이다. 주체가 어디 철학적 용어이기만 하던가. 주체는 '현존'을 이끌고 가는 의식의 자각일 뿐 절대적인 관념도 의미도 아니다. 단지 거기 함께했을 뿐이다. 그것이 생을 감각하는 주체의 본질이다. 종이컵에 촛불을 켜고 모여든 사람들의 광장은 서울 시청에만 있는 것이 아니다. 촛불은 언제나 자기가 서 있는 자리를 세계의 중심으로 만든다.

9. 투명한 죽음의 정면

고양이 몸의 윤곽을 이루던 선 하나가 빈 제단 앞에서 가는 연기 한 줄기로 변해 전혀 다른 국면을 제시한다. 빈 공간에 수직으로 선이 하나가 나타났다. 향 한 자루의 밑동은 아직 검고 위로 올라갈수록 연기의 색깔과 음영은 희미해진다. 공간의 경계가 연기처럼 허공으로 녹아 흩어지는 중이다. 하늘거리는 연기가 '보이는 영역'에서 '보이지 않는 영역'으로 넘어가는 순간이다. 누군가의 세계가 영원히 사라졌다. 흰 공간의 어딘가가 무거워졌다. 반쯤 탄 향, 곧게 뻗은 연기 한 줄기, 이것이 떠난 자가 마지막으로 남긴 생의 알리바이 전부인지 모른다. 허무하다. 그러나 어쩔 수 없다. 이 화면 어디에도 교통사고의 비극적 정황은 펼쳐지지 않는다.

정지윤은 이 비극의 익명성과 항거 불능의 상황을 「속도를 벗다」라고 짧고 담백하게 말해 버렸다. 교통사고로 신체가 사라진 누군가의 죽음을 장송하는 그녀의 말투는 냉담하지만 분명한 지향을 드러내고 있다. 그녀는 죽음의 전통적인 은유인 '육탈(몸을 벗다)'이란 용어 대신 '속도를 벗다'라는 어휘를 택했다. 그녀에게 속도는 죽음과 같은 무게를 지니는 말이다. 속도와 속도의 충돌은 아무도 예측할 수 없었다는 점에서 불가항력적인 찰나다. "왜, 하필, 그 순간, 거기에, 너 혹은 나인가." 정지윤은 죽음에 이르게 하는 속도의 위험에 비해 그 원인과 책임이 지나칠 만큼 구조 자체에 떠넘겨져 있음을 발견했다. 어찌할 수 없는 순간의 결과를 수용하고 처리하는데 보험이나 제도는 객관적이고 효율적인 부분이 많을 수 있지만 철저히 기능적이어서 떨쳐 낼 수 없는 미진함이 남는다. 미진함의 정체는 죽음의 처리 과정에 철저히 '인간'이 배제되어 있다는 느낌에서 비롯된다.

미진함 혹은 아직 떨쳐 내지지 않는 미련은 망자의 사라짐 그 자체 때문에 생겨난 것이 아니다. 장례 절차는 마치 결혼식이나 졸업식처럼 일사불란하게 끝나 버린다. 죽음에 관한 모든 의례와 절차와 사후 처리 과정은 매뉴얼이 정해진 전자 제품의 사용 설명서를 따라가는 것 같다. 모두 입을 벌려 말한다. 그렇게 하는 것이 가장 최선이라고, "다들 할 일이 많고 바쁘고 힘들기" 때문이라고 말한다. 이런 결론은 다수의 경험에서 도출된 것인 만큼 이론의 여지가 별로 없다. 그런데도 미진함은 사라지지 않는다. 이별을 위한 심리적 시간과 먹고 살기 위한 현실적 시간의 우선순위가 완전히 역전되어 있기 때문이다. 결국 효율을 위해 인간의 죽음은 철저히 관리되어야 하는 어떤 것이 되고 말았다. 좀 색다른 상품일 뿐 '처리'되면 그뿐이다. 이제 죽음은 죽음 그 자체보다 죽음에 대한 인식을 걱정해야 되는 지점에 이르러 있다. 죽음은 플라스틱처럼 가벼워지고 성능 좋은 자동차처럼 기억의 저 너머로 달려가 버린다. 죽음은 이미 이미테이션이 되었다. 실감이 사라진 죽음의 종언이다. 삶의 시간들은 "빠르게" 지나간다. 문명의 속도만큼 세대교체의 속도도 빠르다. 조금만 주춤거리면 대기 중인 다음 세대가 클랙슨을 눌러 대며 빨리 비키라고 소리친다. 정치도 경제도 예술도 철학도 이 속도의 무자비함을 따라갈 수 없다. 낡을 틈도 없이 낡아 있는, 기회를 얻어 보기도 전에 이미 닫혀 버린 문, 속도는 시스템의 다른 이름이며 이기적인 욕망의 다른 이름이다. 아니 차라리 디스토피아를 구동시키는 절대적 힘이다. 그것은 뉴스의 명분이며 어쩔 수 없음의 얼굴이다. 보험 회사들은 죽은 망자의 가족들을 향해 외친다. 이별은 시간을 갖고 "너희들끼리 알아서 하라!"고. "시간이 약"이라는 오랜 조언도 그들은 잊지 않는다.

정지윤은 뉴스와의 싸움을 선언하고 있지만 그것은 곧 모든 도덕적 가치를 가로지르는 무자비한 속도와의 싸움이며 유리벽 같이 투명해 보이는 시스템과의 전쟁이다. 도대체 그녀가 누구이기에 세계 전체와 싸운다는 말인가. 시인 혹은 예술가들이란 지구를 구하려는 어벤져스들이 아니다. 그럼에도 그들만이 유일하게 세계 전체를 상상하고 생 전체를 노래한다. 그것이 아무데도 쓸모가 없는 몽상가이며 철학자이고 노숙자에 가까운 가난뱅이 시인이자 예술가들이다. 생이 무의미하고 의심스럽다면 속는 셈 치고 그들을 따라나서면 된다.

현대인들은 죽음을 양산하는 속도에 매우 너그럽다. 현대인들은 모두 잠재적인 속도의 추종자들이다. 그래서인지 '충돌' 사고로 인한 죽음을 어찌할 수 없는 '운명의 문제'라고 치부한다. 운명을 운운하는 것은 종교뿐인데 '속도는 종교'일까. 그런 풍문을 들어 본 적이 없는 걸로 봐서 종교라면 이단이나 미신일 수밖에 없다. 그들은 속도와 나의 '충돌'이 오직 확률의 문제라고 한다. 그렇다면 인생은 오직 확률을 집적하고 있는 데이터의 지배하에 있어야 하는 것이 아닐까. 데이터와 확률과 어쩔 수 없음의 다른 이름이 속도이며 우리는 위험에 빠지지 않으려면 흔들림 없이 속도를 믿어야 한다. 법과 제도는 놀랄 만큼 빠르게 그들이 생산한 죽음을 승인해 버린다. 자동차와 속도는 거꾸로 묻는다. "날더러 어쩌란 말인가? 나를 경배하고 용서하고 수리하는 것은 모두 너희들이다. 속도는 미신이다. 그러므로 믿고 안 믿고는 온전히 너희들의 문제지 속도의 문제가 아니다." 이 미신은 현대가 현대 밖을 상상하게 내버려 두지 않는다.

　자아가 자신만으로 가득 차 있듯이 현대성의 핵심은 미신이기 때문에 아무도 다른 것을 기획하면 안 되는 것이다. 미신은 아름다운 디자인의 자동차나 비행기, 요트, 스마트 폰 등의 매혹적인 증거들을 눈앞에 펼쳐 놓으며 '나는 너의 것이다. 나를 가지라'고 유혹한다. 그것들은 끝없이 소유를 충동한다. 신의 탐욕은 맹목적인 믿음 그것이다. 그래서 그들은 감히 의심받지 않는다. 왜냐하면 그것들을 돈만 있으면 소유할 수 있으며 그들에 관한 모든 것은 충분히 통제되고 있다고 믿기 때문이다. 그래서 결코 자동차나 비행기로부터 속도와 죽음의 높이를 현실로 상상하지 않는다. 현대인들은 아름다운 자동차나 비행기를 대할 때 미인을 대할 때처럼 질문은 생략해 버린다. 기능과 디자인과 기술적 완성도 그리고 운행 제도의 안전성 등을 따지는 당연한 질문 따위를 말하는 것이 아니다. 비행기와 자동차가 지닌 속도와 죽음의 속성이 왜 확률이나 당사자들만의 재수 없는 운명 정도로 귀결되는지 의심하지 않을 수 없다. 현대의 속도에 대한 무비판과 무조건적인 믿음(미신)과 도취, 중독 현상은 죽음에 이르게 하는 바이러스만큼이나 심각한 문제. 그러나 그것들은 자동차나 비행기의 겉 표면에 칠해진 페인트처럼 몸체와 분리되지 않는다. 불안을 감싸고 있는 미신의 피부처럼 떨어져 나가지 않는다.

　장례식장 제단에 향이 한 자루 타고 있다. 끝부분이 지금 막 타서 사라지는 중이다. 곧 사라지게 될 남은 부분 앞에 화장을 마친 유골함이 도착한다. 이 유골함 안에는 타서 가루가 되어 버린 팔과 정강이와 머리가 들어 있다. 그는 수평과 수직만을 수정한 것이 아니라 있음과 없음의 축을 바꿔 항아리에 담겨 있다. 그것의 주범은 속도인데 우리는 그것을 다 알면서 모른 척한다. 우리는 모두 교통사고 아니, '속도살인'의 공범이다. 정지윤은 시의 말미에 "저 뒤쪽 어디선가/부서진 네 몸이 온다"고 경고하고 있다.

　수묵으로 그린 듯한 가는 선 하나가 흰 공간의 위아래를 향해 흐느적거린다. 수묵은 물에 잠긴 어둠이다. 겹쳐지는 투명도에 따라 기억의 흔적이 드러난다. 기억이 쌓이듯 흔적들이 쌓여 사물과 세계의 형상이 윤곽을 갖춰간다. 물과 어둠이 뒤섞이는 흑백의 결은 신비롭고 불가사의하다. 농담은 스며들며 번져간다. 흑과 백의 모호하게 번져가는 경계는 시각적 구분이 한계에 달하는 지점으로 서로를 증명하기 위해 다툴 필요가 없는 전이 지대. 사라지고 나타나는 것들이 겹쳐지는 지점, 밤이 밝음으로 낮이 어둠으로 퍼져 나가기 시작하는 변이의 지점인 것이다. 나규환은 그런 농담과 자신의 팔에 남은 멍 자국이 비슷하다고 생각한다. 멍은 백지에 떨어진 먹물이 조금 퍼져나간 것과 유사하다. 외부에서 가해진 힘이 피부에 스며들면서 생기는 현상이다. 나규환은 '멍 때리다'와 '멍들다'를 확실하게 구분한다. '멍들다'는 가해당한 흔적이며 '멍 때리다'는 치유의 행위다. '멍'은 찢어지거나 부러진 것이 아니라 피부에 스며든 것이다. '멍 때리는' 순간은 상처의 기억은 물론 분노나 증오 같은 감정마저 정지시켜 버리는 '아무 생각도 안 함'이다. 상처받은 곰이 치유를 위해 숨는 동굴과 비슷하다. 외부와의 차단은 몸이 더 이상 가해에 노출되지 않도록 하기 위해서다. 현대인들의 자의식 속에는 이런 동굴이 반드시 존재한다. 주로 멍은 사람의 몸에 나타난다. 그것은 깊이를 지닌 입체의 어떤 지점에 색깔을 지닌 면으로 표시된다. 근육의 깊이에 따라 멍도 높낮이가 생긴다. 조각가이자 화가인 나규환이 멍에 집착을 보이는 이유는 멍이 수직과 수평과 운동성의 결합을 증거 하는 기호이기 때문이다. 멍은 시간이 지나면서 사라져 간다. 마치 기억이 사라져 가듯 색이 점점 엷어지다 사라진다. 제단에 꽂아 두었던 향 한 자루가 타서 허공으로 흩어져 가는 모습도 비슷하다. 그러나 연기가 되어 사라지는 검은 선은 몸과 몸에 달라붙어 있던 모든 인과의 사라짐이기도 하다. 그러나 멍의 사라짐은 회복을 의미할 뿐만 아니라 몸의 새로운 시작을 알리는 신호이기도 하다.

사전 교류도 이해도 없던 두 사람은 각기 다른 공간, 다른 시간의 맥락 속에서 '상상하고', '그리고', '썼'을 뿐인데 몸과 죽음, 있음과 없음, 나타남과 사라짐, 입체와 평면 등에 관한 자신들만의 표현에 이르렀다. 각자의 방식으로 어찌할 수 없는 '운명의 순간'을 이끌어낸 것이다. "특수성과 특수성이 충돌하면서 공통의 가치에 이르는 것"이 콜라보레이션의 동기이자 목표라면 그들이 한 화면에 구현한 지향성의 일치는 놀랍기만 하다. 같으면서도 다른 두 얼굴이 움직이는 각도에 따라 형상과 의미로 나타나게 된 것이다.

10. 금기를 넘어서는 순간은 낯설다

시외버스 터미널 화장실에서 벌어지는 상황을 펼치고 있는 「그래도 낯설다」는 두 작가의 표현 욕구가 발아하는 순간과 상황을 포착한다. 삶은 '예기치 않음'의 연속이다. 이 보이지 않는 시공의 칸막이를 우회해 피해갈 수 없다. 미리 인식할 틈도 없이 당혹스럽고 난처한 순간을 만난다. 그 느낌을 우리는 잘 안다. 이런 어긋남이 불러오는 놀람과 침묵 그리고 외면 등은 익숙했던 지각을 자극한다.

예술가는 이런 미묘한 국면을 결코 그냥 지나치지 않는다. 눈앞에 펼쳐진 화장실 내부는 침묵 속에 있다. 관습적 경험에 근거한 '남자 화장실'은 여성에겐 금기의 영역이다. 따라서 이 프라이빗한 경계를 깨뜨린 '여성 청소부'는 긴장을 야기한다. 여성이 이 공간에 나타날 수밖에 없는 이유를 모르는 사람은 없다. 남성과 여성의 공간이라는 약속된 금기를 '생계를 위한 노동'이 간단히 가로지른다. 윤리적 불편함 정도로는 이 노동을 가로막을 수 없다. 남성들이 일을 보는 그것도 비뇨기를 꺼내 놓고 일을 치르는 이 사적 순간을 다른 성을 가진 존재(설혹 청소를 하기 위해 들어온 여성이라 하더라도)가 보고 있다는 것은 불편하기 짝이 없는 일이다.

나규환은 이 상황을 통해 몇 가지 특이점을 발견한다. 제일 먼저 눈에 들어온 것은 여성의 중성적인 신체였다. 성의 구분이 애매한 여성의 신체에서 식별 가능한 부분은 파마한 머리 정도였다. 남성도 여성도 아닌 중성적 신체, 그것은 '노동하는 몸'의 근원적 속성이었다. 이것을 발견한 순간 나규환은 붓을 들고 싶은 강렬한 충동을 느꼈다. 우연히 마주한 대상이 뿜어내는 특이함이 미적 인식의 실마리가 되었다. 몸은 그가 경험한 세계를 신체화한다. 그렇기 때문에 우리는 타인을 직관할 수 있다.

청소를 하러 남자 화장실에 들어온 여성은 어떤 삶을 살았기에 저런 신체를 지니게 되었을까. 그녀의 신체는 '생의 어찌할 수 없음'을 이야기하고 있었다. 여성의 몸은 수모와 굴욕을 감당하면서 자신의 신성함을 중성적 형상으로 은폐하고 있다. 나규환은 한눈에 숨겨진 여성의 상처와 자존을 발견했다. 칼 폴라니는 "왜 노동은 임금으로 사고 팔아서는 안 되는가"를 역설한 바 있다. 노동은 근육이 하는 것이 아니라 '내가 하는 것'이다. 인간의 자아가 하는 것이다. 노동은 자아와 주체가 분리될 수 없음을 증명하는 순간이다. 이 공간 속의 여성이 이를 입증하고 있다. 여성으로서의 자신의 육체적 특징을 최대한 은폐한 뒤 남자 화장실로 이동했다. 여성은 자신의 은폐를 위해 눈과 입을 닫고 오직 빗자루에만 집중하고 있다. 그러나 실제로는 온 신경을 이 불편한 공간의 모든 것을 향해 열어 놓고 있다. 대화와 응시의 차단은 같은 공간에서 움직이는 타자의 존재를 지워버리는 일종의 자기 방어 행위다. 여성이 남성의 화장실을 청소하게 된 것은 단지 임금을 아껴야 하는 자본의 필요 때문임을 나규환은 잘 알고 있다. 여성의 침묵과 곧바로 동기화된 나규환의 직관은 이 상황을 단숨에 파악한다. 여성의 파마머리와 내리깐 눈, 다문 입, 무심한 빗질… 그는 이 여성의 모든 것이 더 잘 드러날 수 있도록 건너편에 남성의 뒷모습을 배치했다. 아니 그 구도를 발견했다. 이 상황은 여성의 문제에서 남성의 문제로 아니, 두 사람만의 문제가 아닌 '사람' 전체의 보편적 문제로 확장되었다. 즉 인간의 자의식의 문제로 심화되고 있다. 정지윤은 이런 상황을 「그래도 낯설다」고 말했다.

아무리 자주, 오래 한 공간을 점유하고 있어도 소중한 무언가를 공유하거나 나누지 못하는 관계는 결코 가까워 질 수 없는 법인데 난데없는 타인과 그것도 성이 다른 여성과 화장실에 함께 서 있는 것은 '낯선 일'이다. 나규환의 화장실은 정지윤에겐 운동장이다. 다이어트를 위해 찾은 운동장에서 함께 운동장을 달리는 타인에게서 낯설음을 발견한 것이다. 나규환의 '당혹'과 정지윤은 '낯설다'는 3인칭 화자와 1인칭 화자의 차이만 있을 뿐 거의 같은 층위를 이루고 있다. 각기 다른 체험 속에서 동일한 층위를 무의식적으로 발견해 가는 두 사람의 작업은 이 시집의 전편에 걸쳐 나타난다. 나규환은 자신도 예비할 수 없는 이런 갑작스런 타이밍이 본인의 창작적 본능을 자극하는 순간이라는 것을 어느 정도 깨닫기 시작한 것 같다. 그는 대부분의 시간을 비워두려고 (멍 때리는 순간) 한다. 아무 행위도 하지 않는 것이 아니라 '알 수 없음' 앞에 자신을 던져 놓으려는 것이다. 나규환은 '그래서요?', '그게 뭔데요?', '왜 그런데요?'라는 집요한 질문을 입에 달고 산다. 자신의 안과 밖을 "알 수 없는 무지"로 채우고 어리둥절한 표정으로 처음 만나는 생소한 일인 듯 묻고 또 묻는다. 어리숙한 예술가의 초상이긴 하다. 22년 전 〈굿 바이 광주〉란 드로잉을 전달 받을 때 보았던 백남준 선생도 나규환과 비슷한 어눌하고 약간은 더듬거리는 듯한 몸 언어를 지니고 있었다.

이런 멍 때리는 표정 속에는 이미 잘 알려진 세상의 상투성을 경계하는 특별한 더듬이가 작동 중임을 알아야 한다. 사람들 속에서 질문을 하지 않을 때도 그의 관찰은 멈춰지지 않는다. '시시각각' 변하는 의미들의 차이와 모순을 쫓는 것이 드로잉의 순간이기 때문이다. 그는 드로잉을 하고 싶은 그 "어긋난 순간"을 만날 때마다 동시에 하나의 "형상 덩어리"를 보게 된다고 고백했다. 처음 그의 고백을 듣는 순간 조각가인 그가 드로잉을 하는 데서 생기는 현상이 아닐까 싶었다. 깊이와 면을 파악해 입체를 세우는 일에 능한 조각가가 평면에 그것을 구성하고자 하기 때문에 생기는 변화라고 생각했다. 그러나 이것이 전부 일리가 없었다. 그는 수직과 수평에 모두 잘 숙련되어 있는 작가이기 때문이다. 이는 의미와 상황, 사건과 사태가 하나의 층위 속에 펼쳐져 있지 않다는 깨달음에서 비롯된 인식이다. '지칭하기 어려운' 주체이거나 재현이나 추상화할 수 없는 사태를 만났을 때 그는 멍해져 버린다. 자신의 감각과 인지 활동을 일시 정지시키는 것이다. 그런 사태는 사유의 문제일 때도, 선택의 문제일 때도, 판단의 문제일 때도 있는데 잘 알 수 없을 때 그는 일시 자신을 블랙아웃시키는 것이다.

또 한 가지 해결 방법은 눈앞에 펼쳐진 상황 전체를 그냥 다 그려 버리는 것이다. 그것이 "덩어리"로 그린다는 말의 비밀이다. 짧게 드러났다 빠르게 사라지는 징후를 구현하는데 걸리는 시간은 장르나 재료에 따라 너무 많은 차이가 난다. 나무나 돌, 쇠 등을 깎고 파내야 하는 조각은 어떤 재료를 선택해도 붓이나 연필, 볼펜 등으로 종이에 작업하는 드로잉보다 빠를 수 없다.

11. 적이 아무리 거대해도 상상보다 크진 않다

그 외에도 나규환이 심하게 갈증을 느끼는 '움직이는 대상'에 대한 충동 또한 작업에 미치는 영향이 만만치 않다. 대상의 동적 변화와 방향에 따라 찰나에 바뀌는 인상과 동세를 오직 선 하나로 다 포착하려면 직관의 힘이 절대적이다. 드로잉의 빠른 손놀림으로 전체를 다 포착한다고 하더라도 움직이는 순간의 모든 변화, 그 중 가장 결정적인 순간을 선택하는 것은 '빠른 손'이나 '빠른 눈'만으로는 불가능하다. 그것을 가능하게 하려면 대상과 그 움직임 모두를 섬광처럼 파악하는 통찰의 힘이 필요하다. 하지만 그런 힘은 오히려 힘을 다 빼 버렸을 때 나타난다.

그런 순간을 예술가들은 "고양이의 뼈가 자라는 순간"이라고 한다. 그런 집중은 오직 멍 때리는 텅 빈 순간에 찾아오기 쉽다. 대상까지의 거리를 찰나 간에 좁혀버리는 뼈의 성장, 그것은 생물학적인 한계를 돌파하는 비약이라고 할 수밖에 없다. 멍의 치유와 비약의 순간을 위해 나규환은 멍을 때리는 순간을 간절히 원한다. 그가 엉뚱해 보이거나 교실에 혼자 앉아 있는 아이처럼 쓸쓸해 보이는 것도 모두 그 멍 때림 때문이다.

아무튼 나규환은 섬세하고 빠른 드로잉 솜씨로 재빠르게 움직이는 야구선수의 동작을 포착하다가도 금방 정지된 것들의 적막한 공간에 가까이 다가가 서 있다. 그가 그리는 인물들은 대부분 홀로 적막함 속에 머물러 있다. 그의 선에서 쓸쓸함이 묻어나오는 것은 당연한 일인 것 같다. 정지윤의 시 「집」, 「구두」, 「아무도 웃지 않았다」 등과 짝을 이룬 화면에 등장하는 인물들을 보고 있으면 확연하게 느껴진다. 긴 그림자를 드리운 뒷모습이거나 결코 웃음기를 드러내지 않는 마르고 길쭉한 얼굴, 「나는 빈 병처럼 울었다」에 배치된 인물은 얼굴 전체를 온통 짙은 파란색으로 뒤덮은 장발의 사내다. 그의 파랗게 질린 얼굴은 아무런 표정 없이 그저 정면을 응시하고 있다. 정지윤은 그가 매일 누군가의 죽음을 보고 빈 병처럼 우는 사내라고 했다. 나규환의 캐릭터들이 외로워 보이는 이유는 인물들이 단수이기 때문만은 아니다. 이런 캐릭터는 천성적으로 관계 자체에 어려움을 느끼는 개인이기 쉽다. 그들은 일인칭 화법과 응시에 능하다. 말이 없는 대신 관찰을 잘하고 대상의 깊이를 발견하는 데 탁월하다. 기묘하게도 나규환과 정지윤의 초상이 그렇다. 둘 다 날카로운 통찰력과 침묵 속의 미세한 기척을 읽는 데 능하다.

자신이 '응시'한 부당한 상황을 용납하지 못하는 것도 판박이처럼 닮아 있다. 띠 동갑을 넘는 나이 차이가 무색할 만큼 세계를 호흡하는 그들의 리듬은 생기에 차 있다. 내성적이고 외로워 보이는 외양과 달리 그들의 내면에서 번득이는 직관과 뜨거운 격정이 대상을 뚫고 나오기 때문인 것 같다. 그들이 쏟아내는 광기와는 달리 이들의 의기투합은 일견 무심하고 무성의하게 보인다. 자주 만나는 것도 아니고 깊이 있는 대화를 나누는 것도 아니다. 오히려 '팽팽한 외면'이나 '소리 없는 충돌'이 더 익숙한 관계로 보인다. 더 가까워지거나 닮는 것은 둘 중 누구도 원치 않는 일일 것이다. 시 한 편에 드로잉 한 장씩이 교차되는 구성에도 불구하고 작품에 내재된 스토리와 은유, 상징, 이미지가 이야기의 지향성 즉 내러티브를 마무리로 이끌어 간다. 둘 모두가 인정할 수 있는 '가치'가 있다는 것이고 각자 그것을 인정한다는 뜻이다. 가치에 가닿는, 또는 구현해 내는 작품의 최종 결과 역시 서로에게 불만이 없는 것 같다. 시와 드로잉의 은유적 형상들과 중첩된 의미들은 충분히 폭이 넓고 풍부해서 이를 펼쳐 가는 과정은 리드미컬하다. 두 사람의 조각칼이나 펜 그리고 언어는 두 개의 날카로운 칼이나 하늘거리는 나비의 날개처럼 두꺼운 피부를 스쳐가며 파고 찌르고 베어내며 지나간다. 당연히 아프고 쓰라리다. 로큰롤의 격렬한 비트가 고막을 두드리는 장면을 연상하게 만들기도 한다.

밴드의 악기들은 서로 다른 선율을 연주한다. 리듬도 다를 수밖에 없다. 그러나 악기들의 연주는 똑같이 정해진 박자를 벗어나지 않는다. 콜라보를 이끌고 있는 것은 박자를 담당한 정지윤이다. 단호하게 스틱으로 북을 두들기는 드럼 주자는 정지윤이다. 반면 나규환은 멜로디를 연주하는 플루트나 바이올린처럼 섬세한 선들로 비어 있는 행간들을 채우며 드럼의 강렬한 비트를 감싸 안는다. 그들의 합주는 부드럽고 탄력 넘치는 신체처럼 생생하다. 공감의 폭이 넓게 확장되는 것은 당연해 보인다. 그들은 한 편의 시와 드로잉으로 춤추고 노래하고 연기할 준비를 마쳤다. 우리는 한 페이지 한 페이지를 넘기며 그들의 공연을 즐기면 된다. 적당히 흥을 보면서 트집을 잡으면서 말이다.

인트로에 해당하는 시집의 제목은 마치 길거리 시위대의 구호처럼 시작된다. 길 가던 행인들의 시선을 끌어모을 만큼 강렬하다. 함께 따라 외치고 싶을 만큼 자극적이며 충분히 가려운 곳을 타격하고 있다. 「나는 뉴스보다 더 편파적이다」라니. 두통이 생길 만큼 쏟아지는 정보의 쓰나미와 그 일방적인 공급의 횡포에 진저리를 쳐 본 독자라면 그녀의 단호한 목소리와 격렬한 태도에 충분히 동의할 만하지만 너무 급작스럽다. 그래도 그렇게 직진하는 것이 정지윤 본인의 성격이라는데 어찌하겠는가. 싫으면 퇴장하면 그만이다. 관객이란 무책임과 관심의 유무로 참여하는 참 편리한 존재가 아니던가. 그런데도 그녀의 편파적이라는 외침에 동조

하지 않을 수 없다. 그렇다. 이 시의 표제는 말이기 전에 하나의 정치적 태도다. 조직화될 가능성은 없지만 많은 동료를 필요로 하는 저항이다. 편파적으로 왜곡되어 버린 세계에 저항하기 위해서는 더 적극적인 태도가 필요하다. 시가 아무리 사소한 예술적 허구라고 하더라도 그것은 하나의 선언이기에 물러설 수 없다. 잠시도 피해가기 어려운 "뉴스"와의 싸움을 선택한 순간 그녀는 편파성과 "싸우고 싶은 전체"를 상징한다. 그녀는 우리 시대의 트렌드, "편파성"을 단숨에 선점해 버렸다. 싸움은 결말과 상관없이 그 자체로 자율적인 생물이 되어 가야 한다. 힘없는 허구가 제도를 강제하는 폭력(총칼)과 싸울 수 있는 까닭은 그 허구가 강아지나 고양이, 쥐나 바이러스처럼 생물로 진화할 수 있기 때문이다.

이 시대의 뉴스는 그녀의 말대로 지독히 편파적이면서 정치적이다. 그것들은 뻔뻔함을 넘어 하나의 산업이자 권력이 되어 버렸다. 따라서 그런 편파성을 깨뜨리기는 결코 쉽지 않다. 발화의 주체인 '나'는 '뉴스보다 더 편파적인' 전략만으로 이 싸움을 이길 수 있을까. 정지윤은 이런 현실론자들에게 말한다. "허구의 힘은 곧 상상의 힘이다. 적이 아무리 거대해도 상상보다 크진 않다"고. 이미 싸움은 시작되었고 이기고 지는 것은 이미 본질이 아니다. 중심이 해체된 세계가 뿜어내는 허무한 환상의 지향성 부재를 두 작가는 쉼 없이 공략한다. 거대한 유리창처럼 투명해서 보이지 않는 시스템들은 정지윤과 나규환이 끊임없이 들이미는 실재의 알리바이와 내내 싸워야 할 것이다.